天書道人

01

左夜 ◎著

CONTENTS

目錄

第一章 此間少年

惡戰之後的傾倒高山，直接把河流截斷，導致河水決堤，遍地泥濘。這裡僅僅是戰場邊緣，依然可以看出這一次圍剿天風神君的戰鬥有多慘烈。

速度第一的天風神君第一次陷入致命的大陣中，失去了來去如風的神通，最終身殞道消，這是最大的喜訊。但是聽說天童子也在這一戰中殞落，難免讓人扼腕嘆息。

傳說天童子才是布局無瀾大陣的人，這個四年前橫空出世的天才童子，以常人無法想像的速度快速崛起，卻在這場蕩氣迴腸的剷除邪道高手的大戰中殞落。但是三天前圍剿天風神君的喜訊傳來的時候，卻變成了荊瀾宗的宗主主導無瀾大陣。因為名字證明了一切，天瀾大陣帶著「瀾」字，荊瀾宗也帶著「瀾」字。

這一切與千里迢迢趕赴戰場，試圖撿到邊角餘料的洛書宗弟子無關。對於這群以築基期為首，大部分成員僅僅是練氣期的洛書宗隊伍來說，神君大戰，那就是神仙打架。

洛書宗曾經也算豪門，用老百姓的話來說——老子祖上也闊過。當然了，好漢不提當年勇，不妨礙現在的洛書宗弟子來到戰場遺蹟撿垃圾。

戰場過於慘烈，圍剿天風神君的戰鬥超出普通修道人的想像極限。戰場最核心處有罡風滌蕩，實力不濟的修道人湊過去，就是粉身碎骨的下場。

洛書宗距離戰場比較遠，他們千里迢迢趕赴過來，能撿到的法寶殘片早就被搜羅一空。

一個穿著青色道袍的年輕女子幽幽嘆口氣。撿破爛也趕不上熱呼的，什麼時候才能振興洛書宗？現實真的很讓人絕望。

一個垂髫少女湊過來，說道：「蒙夢師姊，我們白來了。」

穿著青色道袍的女子展顏微笑，說道：「師父和師叔伯的想法，是讓我們過來長見識；能不能得到機緣，那得看緣分的。」

垂髫少女低聲說道：「師父他們不好意思過來，卻讓我們過來丟人現眼。別人嘲諷我們洛書宗是落魄宗，好寒磣的……」

蒙夢摩挲著垂髫少女的頭頂，說道：「慢慢來，總會有宗門振興的偉大時刻。」

蒙夢個頭頎長，堪比男子的身高，讓她在一眾師弟、師妹面前顯得鶴立雞群。師弟、師妹對於這個大師姊的崇敬，不亞於自己師父在他們心中的地位。

長輩無能，未來洛書宗如何，全看大師姊了，全宗的希望就在這個有擔當、有天賦，還美貌可親的大師姊身上。

一隊從戰場深處走出來的修道人說笑著飛了出來，他們警覺的掃過洛書宗的成員，發現是一群菜鳥，他們立刻肆無忌憚的看著蒙夢。

野雞窩裡有鳳凰，雖然是小門小戶，但這個帶隊的女修身段真好！修行界齷齪事多，不是這個圈子的人不知道。清心寡欲？想多了，修道人玩得才花呢！

蒙夢握住劍柄，這幾個修道人全部是築基期，而且他們眼神不對。蒙夢帶領的師弟、師妹隊伍中，除了蒙夢自己，只有一個師弟是築基期，根本不可能擋得住對方。

一個臉上有青色胎記的男子逼近，聲色俱厲，說道：「哪個宗門的？是不是天風神君的餘孽？」

一個身材瘦小的男子說道：「我看像，肯定是想要給天風神君收屍。此等邪修必須死無葬身之地，天風邪修的傳人必須捉起來好好審問。」

蒙夢說道：「我們是洛書宗的弟子，名門正派，容不得你們信口雌黃。」

一個三角眼，長了一張馬臉的男子說道：「這誰能說得準？天風神君的另一個身分是天岸宗的長老，這誰能想得到？這幾個男的礙眼，先殺了。」

蒙夢的手背青筋爆起。得玩命了，否則今天一個洛書宗弟子也別想活下來。

坍塌的石堆處傳來響動，雙方眼角餘光同時瞥過去。一隻髒兮兮的小手推開亂石，一個蓬頭垢面的小腦袋鑽出來，心有餘悸的說道：「我的娘啊！憋死我了。」

亂石堆中藏著一個小乞丐？不，這個滿身泥土的少年推開的巨石至少也有數百斤重，成年男子也沒辦法輕鬆推開。

少年胡亂推開身邊的石頭，坐在一塊稍微平坦的石頭上，說道：「洛書宗，聽說七百五十年前的神君殞落之後就落魄了，導致附近根本沒人知道洛書宗在哪裡。」

蒙夢努力看，也沒看出少年身上有什麼靈氣波動，這是普通人？

少年在破爛的衣服袖子裡摸了半天，在別人懷疑他在搓泥的時候，少年掏出一塊令牌，說道：「我二叔讓我去洛書宗，結果我走丟了。這是你們家的牌子吧？」

蒙夢的心快要跳出來了，這是洛書宗的報恩令之一，有史以來只送出去兩塊，收回的那塊報恩令就在祖師堂供著。

蒙夢不動聲色的走過去，說道：「我看看，距離遠，看不清楚。」

少年滿是塵垢的手舉起報恩令。蒙夢鬆開劍柄，雙手托著報恩令，絕處逢生的狂喜，讓蒙夢的心提到了嗓子眼。

隨著蒙夢朝著報恩令輸入真氣，報恩令上綻放出霞光，一個個細小的銀色文字浮現出來。

報恩令不僅僅是信物，更是強大的寶物。千年前，洛書宗遭遇強敵，被兩大高手連袂化解。當時洛書宗無以為報，動用宗門的高手煉製了兩枚報恩令，象徵性的意義極大。對於絕望的蒙夢來說，報恩令上附帶的道法才是救命的機會。

洛書宗的弟子快步跑過來，躲在蒙夢的身後。蒙夢目光清冷看著對面的幾個人，說道：「諸位還想說什麼？」

馬臉男子說道：「看著挺像樣，我也想驗證一下真偽。」

另外幾個人臉上露出得意笑容。財不露白的道理也不懂，這樣的令牌肯定來頭不小，雖然不知道什麼報恩令，但是人財兩得的事情，他們不會拒絕。

蒙夢左手戟指，當她指向了馬臉男子，報恩令上的文字匯聚成一道銀色光束，直接貫穿馬臉男子的心口。

這是法寶？築基期就能使用的法寶？另外幾個人根本不顧同伴的死活，他們駕馭飛劍，開始分頭逃竄。

蒙夢收回真氣，僅僅是這一次攻擊，就險些把蒙夢的真氣抽乾。築基期勉強能夠催動報恩令，千刀一割而已。畢竟當年洛書宗的前輩也不會想到，報恩令能夠落在築基期的小修士手中。

少年用手抹去臉上的塵土，一臉天真的表情，說道：「姊姊，是真的吧？」

蒙夢回頭，看著少年沾染灰塵的俊秀臉頰，眸子忍不住放大。這是女孩子吧？如此明媚的笑容，肯定是女孩子！

蒙夢不動聲色的把報恩令收入袖子裡，說道：「你叫什麼名字？為何會有我們洛書宗的報恩令？」

蒙夢啟動報恩令，她的師弟、師妹立刻認出來，這就是供奉在祖師堂的報恩令。在這個生死關頭，祖師顯靈，庇護徒子徒孫了。

少年咧嘴笑道：「這麼嚴肅啊！我姓佟，人冬佟，名為道，道理的道。我是野孩子，也不知道我二叔在哪兒撿到的這個東西。」

佟道的眸子澄澈，哪怕是塵埃滿面的時候，也無法掩蓋那雙眸子。抹去臉上的塵土，那張俊秀臉龐，益發襯托眸子的清亮。

蒙夢問道：「你二叔是誰？」

佟道說道：「二叔就是二叔，我從小喊他『二叔』，估計也姓佟吧！沒問過。」

莫不是傻子？洛書宗的少年男女好奇看著破衣爛衫的佟道。那幾個女孩子還不好意思多看，這麼俊秀的少年，女扮男裝吧！

除了蒙夢之外，唯一的築基期弟子走過來，說道：「師姊，怎麼會有人不知道自己叔叔的名字？這裡面有問題。」

蒙夢說道：「報恩令不是假的，幫助我們渡過劫難也是真的。至於佟道不知道自己二叔的名字，問題很嚴重嗎？李采，遇事看大節，不能盯著細枝末節。你帶隊去搜揀屍體，我相信會有一定的收穫。」

佟道想要伸出去索要報恩令的手果斷收回。蒙夢說道：「你二叔讓你去洛書宗，你怎麼會跑到這裡？」

佟道理直氣壯的說道：「我不認識路啊！」

這個理由強大，蒙夢還真的無言以對。蒙夢說道：「你修煉過？」

佟道搖頭。什麼是修煉？我不懂的。

蒙夢說道：「你能輕鬆推開巨石。」

佟道說道：「天生神力，所以飯量也大。我二叔經常說，尋常人家肯定會被我吃窮。」

蒙夢說道：「起來吧！我們返回宗門，正好帶著你一起。」

佟道站起來，後背的破衣服被血跡浸染。垂髫少女說道：「你受傷了？」

佟道滿不在乎說道：「擦傷，不死就是擦傷。」

輕笑聲響起，蒙夢看到站起來的佟道還不到自己的肩頭，加上那張俊秀的俏臉，估計也就是十三、四歲的樣子。

少年雖然說話不著調，只是他帶來了救命的報恩令，而且長得實在好看。蒙夢說道：「我帶著療傷的藥膏。」

佟道大器揮手，說道：「傷疤是男人的勛章，得有一些。有吃的沒有？天生神力，代價就是餓得快。」

一個男弟子取出自己攜帶的大餅和牛肉，佟道用大餅捲著牛肉，狼吞虎嚥。看他吃飯的架式，估計尋常人家真的養不起，太能吃了。

勉強站起來，導致後腰劇痛，疼得佟道大汗淋漓；卻讓洛書宗的弟子認為這個傢伙吃飯真賣力，竟然把汗都吃出來了。

垂髫少女揶揄道：「吃飯一身汗，一生都白幹。你氣虛啊？」

佟道捲起第二張大餅，說道：「腎不虛就行。我和妳講，氣虛、血虛、心虛都沒問題，就是不能腎虛。」

越說越不像話，蒙夢說道：「專心吃飯，食不言。」

痛！撕心裂肺的痛，佟道只能藉助吃飯來掩飾自己的痛苦，否則滿頭大汗，豈不讓人懷疑？

翻揀屍體的李采和幾個師弟發出歡呼聲，這個被報恩令殺死的傢伙，身價比想像中豐富。只是佟道眼角餘光瞥過，發現李采有一個不經意的小動作，似乎把什麼東西藏在了自己的袖子裡。

死者的飛劍，比洛書宗弟子的佩劍好太多，這是真正的飛劍。洛書宗練氣期弟子的佩劍不過是精鋼長劍，不可能溫養成飛劍。

飛劍還僅僅是戰利品之一，馬臉男子身上的值錢貨很多，有法寶殘片、有一捲銀票，還有一門修行心法。

蒙夢藏在袖子裡的手摩挲著報恩令，找回第二塊報恩令，這一次算是巨大的收穫。蒙夢知道宗門藏著一筆財富，那是為了報恩所準備。

身為大弟子，蒙夢知道的祕密比師弟妹多太多，當然考慮的事情也就更多，有操不完的心。

搜揀屍體完成，蒙夢看著依然狼吞虎嚥的佟道，說道：「我們現在就返程。李采，你去前方鎮上買兩輛牛車，我們加速返回。」

李采故意皺眉，彷彿很不情願的快步離開。垂髫少女看著李采遠去的背影，說道：「蒙夢師姊，有人手腳不乾淨的。」

蒙夢低頭看著垂髫少女，垂髫少女不說話了。

佟道吃到第五張大餅，李采帶著兩輛牛車返回。這兩輛車被買下來了，兩個車主收下銀子，興高采烈的離開。老牛拉破車，賣出了犍牛新車的價格，果然小神仙不差錢。

練氣期沒可能飛行，長途跋涉會很累。蒙夢來的時候是僱傭馬車前行，在這裡不可能買到馬車，牛車也一樣能使用，就是速度慢一些。

蒙夢帶著佟道和幾個少女坐在一輛牛車，垂髫少女主動接過鞭子；李采則帶著幾個男弟子乘坐另一輛牛車。

佟道上車之後，側躺下來，彷彿在這裡他是大爺。蒙夢也不計較佟道的無禮，她看著假寐的佟道，說道：「讀過書？」

佟道得意的說道：「哪是讀過書的問題？博覽群書，汗牛充棟。」

一個圓臉少女說道：「別吹牛。」

佟道立刻氣憤的坐起身，對著拉車的牛屁股吹氣，說道：「這才叫吹牛。」笑聲響起，引發另一輛牛車上的男弟子側目。青春少艾，誰不喜歡異性關注？這個外來的傢伙逗得少女開心大笑，立刻成為了男弟子的眼中釘。

佟道「吹牛」完畢，重新躺下去。蒙夢眼眸微凝，佟道後背的傷比想像中嚴重。

蒙夢把藏在腰帶中的一個瓷瓶取出來，丟過去，說道：「吃下去。」

佟道彷彿小白，打開瓷瓶，倒出一顆火紅色的丹藥，直接丟在嘴裡，說道：「姊姊，吃了靈丹，能長生不老是不是？」

少女的輕笑聲再次響起。蒙夢說道：「你帶著報恩令，想來宗門必然會接納你。我先探個底，回去之後也好對長輩有個交代。你籍貫何處？年齡幾何？讀書多少？可以說，也可以不說，不勉強。帶著報恩令，那就是洛書宗的恩人。」

佟道說道：「江間府，蒼雲鎮，我家是那裡的大地主，有良田百頃。縣太爺上任，也得先到我家拜碼頭。否則秋後收糧的時候，會發現沒有衙役敢下鄉徵糧。

小弟今年芳齡十四，尚未婚配。讀書多少就不用說了，學富五車是保守說法，說多了顯得我吹牛。」

俊秀少年一副懶散德行在這裡胡吹，少女笑聲不斷；同門師兄、師弟卻一個個道貌岸然，平時不苟言笑，實力不怎樣，長輩們的嚴肅學了個十成十。

江間府蒼雲鎮的大地主，這就是很明確的地標了。如果不是富家子弟，也不會如此的年少輕狂。剛才還說自己是撿來的野孩子，現在就變成大地主家的闊少爺，佟道顯然滿嘴跑大車，沒有真話。

雖然破衣爛衫，但蒙夢的眸子收縮，窺見破衣爛衫的下面，隱隱露出真絲內衣的痕跡，足以說明這個滿嘴跑大車的少年真的有可能是富家子弟。應該是尋找洛書宗的中途遇到意外，不得不弄了一身破衣服遮掩自己。

蒙夢問道：「陰陽五行可有了解？」

佟道說道：「天干地支，五行八卦，這是基礎。博覽群書啊！姊姊，真不是吹的，在我們江間府，我外號『神童』。」

蒙夢遲疑片刻，從懷裡取出一本發黃的道書，說道：「既然你喜歡讀書，那就閉嘴看書。這是洛書宗入門的基礎心法，希望抵達宗門之前，你能閱讀完成。」

佟道側躺在搖搖晃晃的牛車上，接過書之後，不露痕跡的吸了吸鼻子：嗯！帶著奶香，果然是好書。

真的是入門的基礎，佟道看得很仔細。嗯！這本書夠年頭，至少也傳承了三百年以上。書中的內容淺顯，不值得多關注。

洛書宗號稱最遠可以追溯到古皇時代，當然給自己的宗門安上一個有來頭的淵源，這是常規操作，各大宗門無一例外。混得好才能被認可，落魄的宗門哪怕真的大有來頭，也會被人瞧不起。

老百姓說「落魄的鳳凰不如雞」，修道人的說法沒差多少，最多就是文雅一些。骨子裡的市儈，那是人性。

河圖洛書，號稱淵源最久遠的兩大奇書，市井之中有許多算命的江湖騙子，就是號稱自己傳承河圖洛書與連山歸藏的絕學，才能鐵口直斷。

據說連山歸藏早就失傳，而是風水堪輿的絕學，否則洛書宗還想苟延殘喘？大宗門若是落魄，會有無數野狗一樣的修士盯上去，試圖得到大宗門的絕學。

洛書宗傳承足夠久遠，也是落魄的宗門之一；但是公認的事實是，洛書宗曾經的頂尖傳承，早在幾百年前就斷絕了。

一個沒有頂尖道法傳承的破落宗門，在修行界被人瞧不起，這是理所當然的事情。

蒙夢拿出來的這本基礎心法，名為《洛書真解》。名字聽著很大器，事實上這就是一本講述洛書基礎的入門心法。

奶香味，夠年頭，這就是佟道對於《洛書真解》的兩大直觀印象。戴九履一，左三右七，二四為肩，六八為足，以五居中——這就是洛書的基礎，因此洛書也被稱為「術書」。過去有人講陰陽術數，「術數」指的就是洛書。

這是爛熟於心的基礎知識，佟道偷偷打個呵欠。療傷的靈丹吃了下去，也就那麼回事，破落的洛書宗能有什麼救命良藥？

蒙夢的目光瞟過來。這就是博覽群書的樣子？你快睡著了？夢裡讀書呢！

佟道也不尷尬，他勉強抬起眼皮繼續翻書。

當翻到第七頁，書中有一條筆跡娟秀的注解——洛者，脈絡也。這五字注解，彷彿一道驚雷，讓佟道恍惚。氣、形、質、數、象——這五個字彷彿憑空出現，在佟道腦海中怎麼也揮之不去。

擊殺天風神君的最終時刻，布局的天童子被人偷襲，身負重傷。不僅僅是身體遭遇重創，更重要的是道基被打碎，即將成形的金丹崩潰，然後封印疊加，被打落罡風中。

佟道以為自己徹底廢了，聽到有幾個修真流氓對洛書宗的女弟子起了歹意，佟道才勉強出面。果然蒙夢應變妥當，成功使用報恩令擊殺了一個修士。

佟道覺得去洛書宗廝混一段日子也行，慢慢尋求解決自身問題的辦法。天童子殞落就殞落吧！一個身分而已。鋒頭過於強勁，遭人恨了，挺沒意思的。

氣、形、質、數、象——這五個字是常見字，在多門道法中都有提及。氣為真氣，也可以理解為靈氣；形為表，大道無形，有形皆後天；質為內在，意為本質；數為洛書之數；那麼象呢？何解？

佟道眼皮沉重，《洛書真解》中那五個娟秀的小字似乎也加入到「氣、形、質、數、象」五個字的循環中。

「天一地二，天三地四，天五地六，天七地八，天九地十……天數五，地數五，五位相得而各有合……天數二十有五，地數三十，凡天地之數，五十有五……」

道基被毀，金丹破碎，身中封印，落入罡風，佟道是老天照應才僥倖活下來。此刻陷入夢魘般的思維陷阱，讓他失去了抵抗能力。

夜色中，兩輛牛車在不停趕路。垂髫少女伸手摸了摸佟道的額頭，滾燙，他發燒了。

蒙夢戟指如刀，割開佟道的衣背，一道深可見骨的傷口怵目驚心。他根本不是擦傷，而是被利器重創。

傷得這麼重，還有閒心鬼扯？蒙夢把食指豎在脣邊，不讓師妹們驚呼。她取出外敷的藥末，塗抹在傷口處，然後小心包紮起來。

處理完傷口，蒙夢偷偷給佟道把脈。體內沒有任何真氣波動，真的是沒有修煉過的少年。

持有報恩令，沒修煉過，這就是可造之才，宗門一定會熱烈歡迎帶著報恩令的少年到來。再說，長得這麼好看，那些以貌取人的長輩沒有拒之門外的理由。

第二章

門徒之爭

以貌取人，失之子羽；但是以貌取人，在洛書宗屬於常態。長得好看，就討人喜歡。

蒙夢能夠成為大師姊，就是因為從小就長得清秀端莊。當年十二歲的蒙夢被太上長老看了一眼，然後一句：「洛書宗得有個門面。」就是這一句話，奠定了蒙夢的大師姊地位。

因此從十六歲開始，蒙夢就參與接待賓客的事務，甚至有資格隨著長輩去其他宗門觀禮拜訪。

十八歲開始，就獨當一面，譬如帶隊趕赴戰場，尋找殘渣剩飯。可這一次預想中的好處沒撈到，卻意外找回了報恩令。

洛書宗弟子修行資源匱乏，主要是宗門實在沒錢了。報恩令找到，庫存的資源就可以動用，也許幾十年後，洛書宗就能重新崛起。

泉水浸溼的毛巾敷在額頭，佟道不斷呢喃，諸如什麼「一與六合而為水，二七為火，三八為木，四六為金，五十為土，十即五也」……

說的好像是與洛書真解有關，但是有些玄奧，至少「一與六合而為水」，這沒在經典中記載。這個吹牛的小孩子扯什麼淡？

蒙夢若有所思，十即五也，是不是說洛書真解中的天一地二，整合起來說的是五行？這個說法，有一位師伯也這樣理解，可惜蒙夢不是那位師伯的弟子，不可能聽到更多。

莫非佟道在世俗中閱讀的書籍也涉及到了洛書的內容？

老牛拉破車，載著歡欣雀躍的少年男女，還有佟道這個燒得發昏的俊秀少年。

一路上蒙夢幾乎不敢合眼，她很清楚，那幾個修士有可能在附近窺視，稍有不慎，就是全滅的下場。

果然在途中察覺到幾次蹤跡，全部因為蒙夢足夠謹慎，而沒有讓對手有可乘之機。

在一個縣城租賃了馬車，賣掉了兩輛牛車，馬車加速駛向洛書宗，終於在第四天的黃昏時分抵達了處在深山邊緣的宗門所在地。

兩個少年弟子抬著昏睡不醒的佟道走進山門，一個邋遢的中年道人靠著山壁，拿著裝滿劣酒的葫蘆瞄了一眼，說道：「蒙大師姊，撿垃圾撿到了一個大活人？」

蒙夢說道：「很重要的一個人。師叔，別喝了，有大事。」

中年道人「哈」了一聲，說道：「宗門還有大事？洞裡的耗子下崽算不算？」

蒙夢掏出報恩令，說道：「第二塊報恩令找回。」

中年道人直接竄到蒙夢面前，說道：「方才醉眼惺忪，沒看清楚。」

蒙夢語氣堅定的說道：「弟子現在急需覲見宗主。」

中年道人扯脖子喊道：「蒙夢回來了，宗主快來接客！」

蒙夢氣到頭昏，一個個的沒個正經。洛書宗指望你們崛起是不現實了，這種大事，還得落在新一代身上。

沒有人回應，中年道人再次喊道：「找到了第二塊報恩令。」

一石激起千重浪，下一刻，數十道劍光衝起，洛書宗有能力飛行的人全部衝向了山門。

蒙夢高高舉起報恩令，黃昏的夕陽下，多種珍稀金屬煉製而成的報恩令折射出七彩光芒，這是最明顯的特徵。

一個中年美婦落下來，急匆匆的說道：「報恩令、報恩令，賊老天開眼，終於在老娘掌權的時代找回了報恩令。」

歡呼聲響起，找到了報恩令，也就意味著完成了數百年的承諾，珍藏的資源可以動用了。

蒙夢嘆了口氣，宗主要注意形象，一口一個「老娘」……洛書宗不是匪幫，是名門正派。

中年美婦接過報恩令，反覆打量著，說道：「從何而來？」

蒙夢指著兩個師弟抬著的佟道，說道：「此事說來話長。」

中年美婦說道：「趁他病，要他……不是，妳對他說過什麼？」

蒙夢警覺的說道：「他想拜入洛書宗，卻意外受傷，在我們遭遇幾個邪修的時候，他挺身而出，拿出了報恩令，才讓弟子僥倖擊殺一個對手，並嚇住了另外幾個強徒。

弟子檢查過，佟道沒有修煉過。他說家裡是江間府的一個財主，讀過不少書，身世應該清白。」

中年美婦果斷說道：「涉及到報恩令，資源的事情誰也不許多嘴。既然他只提拜師，那就給他拜師的機會，其他的沒有。」

幾十個道人同聲說道：「宗主所言極是！」

佟道不懂，那就不能說洛書宗準備了不少資源，等待著送給持有報恩令的大修後裔；這筆資源不僅僅有宗主盯著，那些長老也在密切關注。

太窮了，宗門快要無米下鍋。這筆珍藏了幾百年的資源，著實讓大家渴望已久。沒有資源，修行艱難，自身的突破、弟子的培養，哪一樣能離開資源的支撐？

修行講究財、侶、法、地，財在第一位，可想而知資源有多重要。宗主決定昧下這筆資源，不可能獨吞，諸多長老和同門必然能夠分一杯羹。

蒙夢就知道會這樣，宗門太窮了，要不然豈會讓蒙夢帶著師弟、師妹不遠千里去撿垃圾？

死要面子，還講排場，這些年洛書宗的日子江河日下，過得那叫一個捉襟見肘。怪誰？還不是這群長輩不會過日子？

蒙夢說道：「佟道手持報恩令，宗門不可能不給他準備修行的資源吧！」

中年美婦果斷看著一個中年道人，說道：「郁南師弟，你來給小夢夢講道理。」

被稱為「郁南」的中年道人撚著鬍鬚，說道：「此事應該從長計議，我門下弟子較多，需要的資源也多。」

中年美婦果斷說道：「此事小夢夢有功，你可以分到一成半，剩下的各個分支平均分配。」

郁南果斷說道：「大夢，事有輕重緩急，此時我洛書宗正在最艱難的歲月，必須優先保證宗門的發展。至於佟道，他沒有修行的基礎，未來他若是能夠入門，宗門長輩勒緊褲腰帶，也能給他湊出一份資源。」

燒得五迷三道的佟道睜開眼睛，顫巍巍說道：「可不能說話不算數，這麼多人聽著呢！我也聽著呢！」

中年美婦第一時間想到的是殺人滅口。他不是昏迷著嗎？怎麼聽到了這麼丟人的話題？如果佟道反悔，堅持要一筆資源，洛書宗怎麼辦？愁啊！

數十個長輩的目光投向蒙夢，蒙夢硬著頭皮說道：「說話自然算話，不會缺了你的修行資源。」

佟道重新閉上眼睛，說道：「下一次抬我，換兩個妹子。」

抬著佟道的兩個男弟子恨不得直接把佟道摔在地上。我們辛苦抬著你，你還不滿意？

郁南使眼色，蒙夢嘆口氣，帶著師弟、師妹走入宗門。先把佟道這個活祖宗安頓下來，至於療傷，那是師父他們的事情。

一個三旬左右的端莊女修說道：「這個少年關係到報恩令，宗門也不好冷落。我先去照看一下，免得有心人捏造流言蜚語。」

中年美婦說道：「不勞郁靜師妹勞心，這個少年我收歸門下。他不是什麼安分的東西，我得親自看著。」

郁南咳嗽一聲，矜持說道：「既然我門下要獨得一成半，那也不能不為宗門分憂。這個叫作『佟道』的少年，我勉強收歸門下就是。」

郁靜問道：「師兄，你得到了一成半的資源，還不滿意？」

郁南驚詫說道：「我這是要為宗門分憂，畢竟這是大夢找回來的少年，師妹想什麼呢？再說傳授陰陽五行術數，男女有別，妳好意思講述得非常透徹？」

郁靜說道：「師徒如父子，亦如母子。你收下了蒙夢這個女徒弟，也沒看你有多不好意思。」

中年美婦說道：「夠了！吵什麼？不夠丟人的。佟道不是什麼好東西，裝昏迷偷聽我們分贓，這心思有多複雜，你們想得到？」

一個二十歲左右的女修說道：「宗主師姊，我門下還沒有弟子呢！」

眾人目光投向了這個女修，然後同時避開目光。此事絕對不行，當初太上長老指定蒙夢，說蒙夢未來會成為洛書宗的門面，那是因為蒙夢長得端莊。

但是太上長老沒有把這個師姪女當作門面，為何？修道人豈能是如此花枝招展、招蜂引蝶的樣子？

素淨的月白道袍，簡單的髮髻木簪，卻在不經意間流露出風情萬種。這樣的女修充當門面，只會給洛書宗帶來無盡的煩惱。

修士眼毒，早看出病懨懨的佟道容貌異常俊秀，他若是成為小師妹的弟子？不適合，絕對不適合！

中年美婦覺得冷場了，她和氣說道：「郁恬師妹，妳年紀還小，正是勇猛精進的時刻，暫時不適合收徒。」

郁恬睜大美眸，說道：「三天前，宗主師姊還告訴我必須廣開山門，不能斷了我這一脈的傳承，今天就換了說法？」

中年美婦大怒：妳長得這個樣子，還想收一個容貌出色的徒弟？別的派系怎麼辦？再說佟道身負報恩令，這涉及到的事情太複雜，妳沒辦法掌控。

郁恬說道：「我願放棄宗門珍藏多年的資源，我要收弟子。」

郁南想了想，一成半的資源足夠自己和弟子修行了，收徒弟這種好事，肯定輪不到他。郁南說道：「既然郁恬師妹自願放棄，我覺得也行。少一個人分，資源會顯得充裕不少。」

頓時好幾個道人用力點頭。小小的洛書宗，擁有九葉一支花，正好對應宗主與九大分支，派系鬥爭複雜著呢！

洛書宗的山門清秀，入山門之後山勢雄奇。洛書宗的長輩別管年紀大小，賣相各個不俗，比蒙夢這一代的弟子優秀太多。

現在的問題是，洛書宗的日子一年不如一年，因此容貌出色的弟子也不好尋找，只能找些容貌普通的歪瓜裂棗湊數。

車上昏昏沉沉睡了幾天，佟道燒也退了許多，但依然虛弱。既然有人抬著他走，自然比自己走路輕鬆。

只是在山門口聽到的話題太不像話，手持報恩令的人找到洛書宗，應該會有一大筆修行資源。結果他聽到了什麼？宗主竟帶頭監守自盜！

過分了呢！心中頗有怨念的佟道被兩個怨氣沖天的弟子抬著，來到了一間木屋，這是正式弟子居住的地方。

很早以前，洛書宗也是規矩森嚴的名門大派，現在只能自稱名門正派。不敢說大，容易被看不順眼的大修找上門來。

洛書宗鼎盛時期，外門弟子就有上千之多，還必須是天賦、根骨、悟性、品行與容貌兼顧的那種，才有資格成為外門弟子。

外門弟子要經過多年考核，每年才有一次青案點金的時刻，那些表現最優秀的外門弟子正式成為洛書宗傳人。現在整個宗門加起來也不過三百多人，還是連老帶少全計算在內。

蒙夢看著兩個師弟把佟道放在木榻上，說道：「洛書宗曾經欠下兩個大修的人情，因此送出了兩枚報恩令。這裡面涉及到一部分修行資源，宗門艱難，太多長輩盯著資源，你懂嗎？」

佟道呻吟著說道：「懂，就是把應該屬於我的資源給瓜分了。」

蒙夢難堪的說道：「表面上看是這樣，事實上……」

佟道說道：「事實上也是這樣，不用解釋。我也不知道自己能不能修行，先混著吧！萬一我不能修行，給我修行資源，那也是催命符。」

蒙夢說道：「你懂得其中的利害關係就好，小兒手持黃金過鬧市，自然是取禍之道。你在昏迷的時候，說什麼『一六相合為水』，這是誰告訴你的？」

佟道驚奇說道：「我說夢話了？哎呀呀……我怎麼會說夢話？」

蒙夢無語看著佟道，佟道煞有介事的思索半天，說道：「妳這表情告訴我，真的是我說夢話了，看來是發燒燒糊塗了。姊姊，還有別的書嗎？我懶得動，還睡飽了，打算讀書消磨時間。」

蒙夢問道：「哪方面的書籍？」

佟道說道：「闡述《洛書真解》的書籍，不過分吧！」

蒙夢說道：「白晨師妹，去把妳入門的基礎道法書籍拿過來。」

佟道看著垂髫少女走出去，這才問道：「從名字來看，你們宗主是『郁』字輩；但你們好像不是這樣，沒有輩分？」

蒙夢嘆口氣，家家有難唱的曲，洛書宗特別難。佟道也沒追問，戳人傷疤沒勁兒。

白晨出現的時候，沒有帶著道書，反而是陪著清麗脫俗的郁恬走進來。

蒙夢拱手說道：「師叔。」

郁恬揮手說道：「你們可以離開了，現在起，佟道就是我的開山大弟子。」

蒙夢說道：「是，師叔。佟道身上有傷，您能自己照料？」

郁恬說道：「我的徒弟，輪不到別人操心。」

這態度囂張了，蒙夢也不惱，微笑帶著白晨走出去。

郁恬背著手，俯瞰著泰然自若的佟道，說道：「打扮成叫花子的模樣，看來心思複雜。」

佟道說道：「主要是怕人劫色，女流氓好多的。」

郁恬氣結，旋即想到的確有些人很變態，也包括女人。洛書宗就曾經遭遇過女變態，當時事情鬧得很大，也很丟人。

佟道側躺在木榻上，說道：「姊姊，今後妳就是我師父？我很笨的，也不知道妳耐心好不好。」

郁恬說道：「本座的耐心自然是相當不好，譬如說你一口一個『姊姊』，就讓我很憤怒。我是你師父，知道師徒如父子的規矩？」

佟道笑瞇瞇說道：「不太懂，姊姊教我。」

這孩子在塵世打滾，肯定是一個禍害，天知道有多少良家婦女會被他勾引墮落？尤其是那雙眼睛，這是傳說中的桃花眼吧！也不像，更像是丹鳳眼。一個男子漢大丈夫，長這麼媚氣的眼睛做什麼？

高燒昏睡了幾天幾夜，佟道顯得臉色慘白，嘴脣也失去血色，還穿著破爛的衣衫。饒是如此，依然透著風流倜儻的感覺。

郁恬不想和這個油嘴滑舌的小子拌嘴，她來到木榻邊，伸出兩根修長的手指，按住佟道的脈門，說道：「十幾歲，沒有任何修行基礎。傷及經絡，還有心思說笑？」

佟道說道：「那我哭一個給姊姊看？」

郁恬輕嗔顰眉。

佟道說道：「真好看，美人皺眉叫『輕蹙蛾眉』，潑婦皺眉叫『橫眉豎目』，大不同。」

郁恬喝斥道：「閉嘴！沒大沒小。你這傷勢從何而來？」

佟道立刻怒容滿面，說道：「遇到了一個女流氓，非要讓我和她搞什麼雙修。妳聽聽，這是好話嗎？我誓死不從，生死事小，失節事大，結果我就被她捅了腰子。」

這話聽著離奇，仔細想來也有這個可能。長得好看，有的時候太危險了。郁恬嘆了口氣，說道：「蒙夢應該給你治療過，宗門也沒更好的靈藥，只能慢慢將養。這個世上，不只女人壞，男人更是如此，有些變態男女通殺，更可怕。」

佟道七情上面，說道：「那怎麼辦？」

郁恬說道：「惹不起，躲得起。為師是洛書宗的九宮分支傳人，正式的稱呼是『九宮真人』。知道什麼是真人嗎？凝結出金丹才有資格稱為『真人』。」

佟道大驚，金丹真人？

郁恬用拳頭捂嘴，輕輕咳嗽一聲，說道：「為師凝結的是假丹，還沒有正式踏入金丹大道，所以『九宮真人』暫時是宗門內部的稱呼。」

佟道露出天真懵懂的眼神，說道：「我聽說母雞第一次生蛋的時候，有經驗的農婦會在雞窩裡丟一顆雞蛋，這種做法叫『引蛋』。假丹是不是也是起到引蛋的作用？」

郁恬險些揮拳打死這個混帳東西。假丹和引蛋是一回事嗎？郁恬胸膛起伏，這是土財主的傻兒子？財主家的孩子會懂引蛋的農活兒？

佟道依然眼神純真的說道：「師父姊姊，躲得起如何理解？躲在洛書宗就行？」

郁恬惡狠狠的說道：「躲這裡肯定不行，你確定宗門裡全是好人？和為師走，既然是躲清靜，自然是遠離塵世的喧囂。」

佟道揉著後腰，說道：「我有傷在身啊！惡毒女人捅了我。」

郁恬猶豫片刻，抱起佟道走出木屋，踏上飛劍，衝向後山的方向。身為九宮分支的傳人，郁恬大部分時間都離群索居，不喜歡和人打交道。

性子有些孤芳自賞的郁恬眼界極高，收徒弟？親自照顧那些鼻涕孩子？夠噁心的！蒙夢帶回了第二枚報恩令，也想分一份資源的郁恬看到了佟道，郁恬覺得可以收徒弟了，雖然佟道年紀大了一些，但是免去了郁恬精心照料徒弟的辛勞。當然，容貌俊秀可人的理由不作數，郁恬不是以貌取人的膚淺修士。

洛書宗很大，曾經很大，郁恬獨霸一座秀美山峰。她只是把九宮峰祖師的洞府精心布置一番，沒有什麼奇珍異寶裝飾，依然顯得雅致不俗。

郁恬把佟道放在一個房間中，丟給了他一套內衣和白色麻布道袍，說道：「能活動的時候，自己換上。為師看不慣邋遢的人，會忍不住出手的。」

佟道張張嘴，郁恬沉下臉，說道：「為師可不是慣孩子的性子，不聽話，會有門規伺候。」

佟道迅速改口說道：「我想讀書，還想吃東西。天生神力，餓得特別快。」

郁恬傻眼，她早就辟穀了，只想著收一個徒弟滿足宗主的要求，誰能想到還得給這麼大的徒弟準備飯菜？

如果佟道沒有傷勢在身，郁恬肯定來一句「自己弄去」，現在總不好如此虐待一個被惡毒女修傷害的倒楣孩子。

郁恬忍了忍，問道：「想吃什麼？」

佟道說道：「八寶鴨子、松仁爆肚、清炒筍片、辣椒炒臘肉、雪裡紅燉豆腐湯，四菜一湯不過分吧？」

郁恬嘴唇顫抖。四菜一湯不過分？你當洛書宗是什麼地方？這四個菜有葷有素，郁恬也有些流口水。

郁恬恨恨頓足：我請回來了一個活爹，這是我徒弟？我當時怎麼就眼瞎了呢？

郁恬憤怒轉身離去，佟道深吸一口氣，後背的劇痛被他忍了下去。

一六合而為水，這真是我說的夢話？或者是發燒燒出來的胡話？

一六、二七、三八、四六、五十，兩兩相合，那不是五行嗎？洛書藏五行？是的，應該是這樣。傳說中，最初遠古大修從河圖洛書參悟出陰陽太極，之後衍生出五行八卦。

佟道小心翼翼翻身，讓自己平躺下來。後腰的傷口止血結痂了，小心一些應該沒問題。否則總是側躺，導致半邊身子發麻。沒有了真元，打回了原形，身體竟然如此孱弱。

佟道仰頭看著天花板，然後他的眼珠子不動了。天花板上被人用黑白兩色的玉石鑲嵌成洛書的圖案，應該是個苦修的前輩留下。

佟道腦海中，「氣、形、質、數、象、洛、者，脈、絡、也」這十個字不斷變換，結合眼中看到的洛書圖案，佟道崩潰的道基傳來一絲熱流。

道基沒有徹底崩潰，還有一絲殘存？

第三章 老祖遺寶

五十五顆黑白兩色的玉石，按照洛書圖案鑲嵌在岩石屋頂。但是這五十五顆玉石鑲嵌得深淺不一，看似漫不經心，其中卻蘊涵特殊的玄機。

洛書圖案為形，五十五為數，深淺不一為象，這是空間之象。佟道忘記了後背的痛苦，全部心神都被屋頂的洛書圖案所吸引。

身如槁木，心若死灰，唯有這個狀態才能讓崩潰的道基孕育出來的熱流慢慢滋生。

不允許自己有激盪的心情，不允許自己思索，佟道保持著呆呆望天的姿勢，任由體內熱流擴散，任由腦海中那十個字盤旋飛舞，在冥冥中牽引佟道思索洛書之祕。

道基沒有完全崩潰，應該是殘留了一點點。因為身中封印，導致佟道也沒辦法察覺自身的一縷生機。封印是為了絕殺天童子，不讓他有反擊或者逃走的機會，但同樣給了佟道意外的轉機。

蒙夢實力不濟，自然號脈也沒察覺到；至於郁恬這個水貨的假丹真人同樣也沒察覺到，而是錯誤判斷佟道是沒修煉過的世俗少年。

屋頂上那排列成一線的十顆黑色玉石明滅，鑲嵌深淺不一的十顆黑色玉石與佟道腦海中的十個字遙相呼應。佟道小腹中如同一團烈火遇到了狂風，剎那間熾烈燃燒。

端著一碗糙米飯，上面放著幾根鹹菜條的郁恬怒氣沖沖的來到洞府門口。這是從其他山頭的弟子那裡拿來的，愛吃不吃，不吃餓死！

郁恬來到了洞府門口，敏銳感知到洞府中有真氣波動。郁恬大驚，有人要謀害她的開山大弟子？

郁恬端著飯碗，衝到佟道的臥房門口，看到的是屋頂上十顆黑色玉石釋放出微弱的光芒，光芒匯聚到平躺在床榻上的佟道眉心位置。

郁恬大氣也不敢出。修行數十年，哪裡見過這種事情？這間臥房是九宮老祖開闢的洞府，當時十個苦研洛書的高手聯合組成了洛書宗。這十個開山祖師，統稱為「洛書十祖」。

這間臥室的屋頂鑲嵌著洛書的圖案，郁恬不喜歡這個房間，總會覺得彷彿九宮老祖在冥冥中窺視自己，會妨礙道心。

現在她看到了什麼？九宮老祖顯靈了！郁恬看著躺在那裡看似發呆，又彷彿在修行的佟道，迅速把裝著糙米飯的大碗公藏在身後。這樣的徒弟吃糙米飯？怎麼想的？

郁恬躡手躡腳退出去，小心封閉了洞府，揚手把大碗公丟入懸崖，旋即駕馭飛劍破空而去。我徒弟要四菜一湯，這個基本要求還做不到？九宮分支還沒窮到這個程度！

當屋頂的光芒消失，佟道悵然若失回過神。一直睜著眼睛望天，導致眼睛有些酸澀。

佟道吸了吸鼻子，聞到了飯菜的香味，佟道轉頭，就看到笑靨如花的郁恬提著食盒。

看到佟道轉頭，郁恬獻寶一樣打開食盒，把裡面裝著的四菜一湯還有一桶米飯放在桌子上，說道：「時間正好，吃飯了。」

佟道手臂支撐著，艱難的坐起來。郁恬殷勤攙扶著佟道，說道：「要不要為師餵你？」

佟道嘻皮笑臉的說道：「哪敢這樣囂張？會折壽的。我能起來，身體好多了。」

在郁恬的攙扶下，佟道走下床榻，坐在桌子邊。真的是佟道要求的四菜一湯，不過廚子的手藝有些糟，八寶鴨子的皮不夠酥脆，松仁爆肚的松仁沁油太多，導致有些糯。

將就吃吧！吃草根的時候也不是沒有。人哪！只有享不了的福，沒有受不了的罪。

佟道吃了兩口，說道：「姊姊不餓？人多吃飯才有氣氛。」

郁恬拿起筷子，說道：「為師早就辟穀了，陪你吃一點。記住，喊我『師父』。」

佟道笑瞇瞇說道：「一聲『師父』，把姊姊喊老了。姊姊這樣的大美人，就應該無憂無慮，青春不老。」

郁恬想用筷子戳佟道。沒個正經！有你這樣調侃師父的？只是這孩子有傷在身，還是吃飯的時候，不適合責罰。

看著佟道吃得專注，郁恬忍了又忍，終於還是沒開口詢問佟道為何會引發洛書圖案的變化。

四菜一湯被消滅，佟道滿意的說道：「好幾天沒有正經吃飯了，吃飽了，心情就好。」

郁恬說道：「還有話要說吧？」

四菜一湯的要求達到了，佟道是不是該說祕密了？佟道一本正經說道：「的確，飽暖思淫慾。」

郁恬的拳頭直接出現在佟道的眉心前，佟道面不改色，說道：「那是凡夫俗子的想法，我不一樣，我從小就渴望當神仙。」

郁恬的拳頭緩緩收回，佟道說道：「人過七十古來稀，這哪行？一輩子努力享樂也就是幾十年；當了神仙就不一樣了，可以天長地久的去……」

郁恬捏著自己的指關節，發出喀喀的脆響。佟道認真說道：「朝遊北海暮蒼梧，凡人哪行？這輩子沒去過縣城的大有人在。」

這孩子不是好東西，如果不是武力威懾，天知道他會說出什麼胡言亂語？就這個德行，不被女流氓盯上才怪！

郁恬努力做凶惡狀。

佟道長嘆一聲，說道：「求道之路艱難啊！來到洛書宗，已經是九死一生。」

郁恬微微滿意。

佟道專注看著郁恬，說道：「但是來到了洛書宗，看到了姊姊，我覺得修道真好。」

這馬屁拍得太直白，雖然聽著讓人心中舒服。只是……我是你師父，你這樣說不適合；而且你小小年紀，如此油嘴滑舌，長大還得了？

郁恬板著臉說道：「敏於行，訥於言。修道人必須管住嘴，世人也說禍從口出，你要謹記。」

佟道伸著懶腰，說道：「肺腑之言，不吐不快。姊姊，這個房間裡面鑲嵌著洛書的圖案，誰弄的？」

看到佟道不動聲色的轉移話題，郁恬微微鬆口氣。和這個不正經的小孩子說話，太累……

郁恬說道：「這就要從洛書宗的十個開山祖師說起。洛書宗分為一元峰、二相峰、三才峰，就是按照順序排。咱們所在的是九宮峰，是九宮老祖的修行之所。屋頂上的洛書圖案，就是九宮老祖親自鑲嵌，蘊涵著真正的不傳之祕。你是為師的開山大弟子，才有資格居住在這間臥房。」
說到這裡，郁恬有些心酸。我怎麼不知道九宮老祖鑲嵌的洛書圖案藏著這麼大的祕密？早知道的話，我會日夜揣摩感悟。
佟道說道：「的確了不起，我借閱了蒙夢姊姊的《洛書真解》，對洛書也有了初步的了解，沒想到洛書如此博大精深。」
郁恬說道：「蒙夢是未來的宗主，太上長老親自指定。她出身五行峰，今後稱呼她為『大師姊』，記住沒有？」
佟道說道：「記住了。」
郁恬不喜歡佟道稱呼蒙夢為「蒙夢姊姊」，感覺不舒服；既然感覺不舒服，那就必須及時制止。
佟道說道：「我借閱的《洛書真解》上面有人批註，覺得很有道理。」
郁恬微微皺眉，說道：「小夢夢拿出來的《洛書真解》，應該是宗主賞賜給她，極有可能是開山宗主批註。」
郁恬本來不想問，終於還是沒忍住，問道：「批註內容為何？」
佟道雙手撐著下頷，說道：「洛者，脈絡也。」

郁恬挑眉問道：「只有這五個字？」

佟道說道：「感覺博大精深，一語中的。」

郁恬沒想出來，這五個字有什麼了不得的地方。

佟道繼續說道：「當時若有所思，方才躺在床上，看到屋頂的洛書圖案，我恍惚間就明白了許多。」

郁恬美眸閃光：這麼天才的嗎？做你的師父，我壓力好大的感覺。

佟道瞇著眼睛，說道：「尤其是鑲嵌的玉石深淺不一，這分明就是涉及到了空間。四方上下曰『宇』，古往今來曰『宙』。」

郁恬眼神狐疑：你沒修煉過，怎麼會想到洛書涉及到空間？就算你是天才，你也不可能懂這麼多啊！

佟道露出思索的神色，說道：「我翻過許多閒書，雌雄打架的那種就不提了，雖然也涉及到陰陽祕術，然我一心向道，對此不屑一顧。

我最喜歡的一本書是《說文解字》，這本書好啊！姊姊，妳要知道，上古先賢造字，需要感悟大地山川，這本身就是大道。所以我雖然沒修煉過，但是心嚮往之，就希望通過世俗的閒書，來破解其中的祕密。」

郁恬被佟道忽悠得找不到北，《說文解字》也能涉及到大道？這事怎麼聽怎麼覺得玄乎？

郁恬想要找到佟道言語的漏洞，從而批判這個胡說八道的小子，只是不知道從哪裡開始反駁。

佟道的拳頭敲在桌子上，直接把郁恬的思路打斷，說道：「大道至簡，洛書藏著宇的祕密，不涉及到宙嗎？宇宙從來沒辦法分開……別說話，我有了新的思路。」

佟道起身，背著手在臥房中來回踱步。

郁恬傻眼：你有了什麼思路？你倒是和我說啊！這沒頭沒腦的，你讓我情何以堪？我是你師父啊！現在怎麼搞得彷彿你是我師父一樣？

佟道的步子越來越快，思路噴薄而出。空間、框架、結構……數形結合才有氣象萬千，這才是洛書的真諦。

天童子是陣法大行家，因此才有能力布置無瀾大陣。陣法涉及的要素太多，沒有足夠的天賦，對於陣法之道便無從入門。這指的還是修道人，學習陣法，前提是修道人，更進一步的前提是博覽群書的修道人，涉獵諸多雜學，才有資格入門。

天童子成名快，是因為他出道就是陣法行家，這才能夠迅速成名，然後在幾天前與天風神君的決戰中「殞落」。

參與圍獵天風神君的諸多大修，真正的目的是一石二鳥——剷除無惡不作的天風神君，順便剷除橫空出世的天童子。

人心險惡至此，事前誰能想到那群道貌岸然的修士竟如此卑劣？甚至布置無瀾大陣的時候，還有些成名高手帶著自己的弟子，擺出一家人的姿態，近距離觀摩學習。

佟道從小學習的陣法之道與洛書真解的內容相互融合，不斷有靈感的火花碰撞。只恨道基只是殘存，還有封印形成的無形枷鎖，讓佟道沒辦法付諸行動。佟道如同暴躁的小獸，在臥房中焦躁的來回踱步。

郁恬有些擔憂看著佟道，這是發臆症了？

佟道忽然喝道：「棋子！」

郁恬直接從袖子裡取出一副棋盤和兩盒棋子，閒著無事的時候，郁恬會與自己下棋，從而自娛自樂。

佟道直接竄過來，掏出十顆黑色棋子擺放在桌子上，說道：「鑲進去，深淺不同。」

十顆黑色棋子擺放在不同的位置，排成一條直線。郁恬手指用力，把十顆黑色棋子按入桌面中。

佟道掏出九顆白色棋子，擺放在桌子上。突如其來的小腹劇痛，讓佟道按著桌子停下來。

郁恬投去關切的目光，佟道抬手——別說話，別打擾我。郁恬目光垂下，看著那九顆白色棋子，若有所思。

郁恬左手輕敲，那十顆黑色棋子彈出來。郁恬拂袖，一根根金絲從她袖子裡飛出來。這些金絲纏住十顆黑色棋子，讓這十顆黑色棋子在半空懸掛。側面看，這十顆黑色棋子錯落有致；從正面看，這十顆黑色棋子組成一條直線。

郁恬出身於洛書宗，對於洛書從小就極為了解。看到佟道擺出九顆白色棋子之後，郁恬就反應過來。

九顆白色棋子同樣被金絲捆縛，排列在十顆黑色棋子的側面。依然是從側面看，錯落有致；從正面看，九顆白色棋子也是組成一條直線。洛書可以這樣闡述？郁恬的心提到了嗓子眼。窗戶紙捅破，剩下的就不是問題，郁恬能夠在破落的洛書宗凝結假丹，天賦毋庸置疑。

從十到一，五十五顆黑白棋子組成了一個正方體。從不同的角度看，這五十五顆棋子組成的圖案各不相同。只有從一個角度去看，正好組成洛書的圖案。

小腹撕心裂肺的劇痛緩過，佟道抹去額頭的冷汗，湊在這個立方體的圖形前，伸手調整幾顆棋子的位置。

僅僅是移動了幾顆棋子的位置，郁恬就看出了差距。畫龍點睛，佟道移動了那幾顆棋子，從另一個角度去看，棋子組成的圖案就變得整齊有序，儼然是一幅玄奧的陣圖。

汗珠在郁恬的鼻尖凝結，郁恬知道自己看到了洛書宗崛起的未來，看到了真正的洛書真解，這才是洛書的真正面目。

佟道再次抹去汗水，說道：「洛書六合，需要從六個面去看，其中必然各自蘊涵不同的玄機。」

郁恬聲音顫抖的問道：「你知道這意味著什麼？」

佟道說道：「易推倒。」

郁恬沒明白這句完整的流氓話是音清、身柔、易推倒。郁恬錯誤以為佟道說的是這個真正的洛書框架易推倒。

郁恬狂熱說道：「豈能這樣亂來？有了這個完整的洛書真解，為師未來就是洛書宗的中興之祖，你也會因此而被洛書宗的後世子弟銘記。我們師徒將會改變世人對洛書宗的誤解，洛書宗從來都是名門大派，只是後世子孫無能，讓祖師們蒙羞。」

郁恬已經過度興奮，直接達到了狂熱的程度。沒辦法不興奮，洛書真正的祕密開啟，雖然是因為她的開山大弟子開啟，但是這孩子還不是修士，先讓為師承受這份榮耀的壓力吧！

佟道繞到了另一面繼續觀察，說道：「對，沒有姊姊的教導，我什麼也不懂。」

郁恬有些不好意思，說道：「別這麼說，我好像……呃……沒教導你什麼。不過來日方長，你是為師的開山大弟子，未來為師的一切全是你的。」

佟道最希望的就是有人承擔這個虛名，他解開洛書的祕密，可不是為了炫耀。天童子的遭遇，不可以再發生。

吃一塹，長一智。佟道承受了那讓人絕望的背叛與陰謀，他嘗到了被人嫉恨的滋味，特別疼，還很絕望。

小腹劇痛，佟道懷疑自己的道基在修復，這是死灰復燃的陣痛。只是身中封印，導致沒辦法內視，體內情況到底如何，還得慢慢研究。

棋子的位置還不對，需要更進一步微調。至於微調到哪個位置，還不能影響另外兩面的定位，同樣需要慢慢研究。

解開洛書的正確觀摩方法，這就是打開了大道之門；現在的問題是如何揭開自身的禁錮，讓自己踏入大道之門。

上下左右前後為六合，正好從六個角度來觀察正方體的洛書。如果六個方向全部正確，洛書必然引發更大的變化。

郁恬伸手摩挲著佟道的腦門兒，這腦袋怎麼長的？你一個外行，怎麼就能想到洛書是立體的呢？

按照郁恬的性子，別說臉上滿是汙垢的人，就算是清清秀秀的少年，也別想碰到她。只是這個開山大弟子實在是討人喜歡，硬生生破解了洛書真正的解讀方法，今後一下子就豁然開朗了。

摸了一手細碎的土末，郁恬嫌棄的彈指。來到佟道身後，解開他凌亂的髮髻。細密水霧浸溼了佟道的頭髮，洗去了汙垢。

郁恬隨手拂過，微風帶走了頭髮上的水漬，郁恬嫻熟幫佟道挽個髮髻，又從法寶囊掏出一根金簪別上。

這根金簪是郁恬進入洛書宗之前，家裡給她準備的法器。來到破落的洛書宗，黃金法器過於招搖，郁恬就沒有拿出來，免得讓人以為她性子招搖。

郁恬轉過來，滿意的看著眉清目秀，唇紅齒白的俊秀少年。郁恬指著床榻，說道：「換上衣服，為師給你取書。」

讀書有用，你看我的開山大弟子就是最好的例子。沒修行過，僅僅是因為博覽群書，來到洛書宗就解讀了洛書，堪稱天縱奇才！

佟道揉著腰眼來到床榻邊，不是最初郁恬帶來的白色麻布道袍，不知道郁恬什麼時候更換了一套雪白的真絲道袍，和郁恬的道袍款式顏色一模一樣。道袍上還自帶滌塵、避火、辟水的基礎陣法，對於世俗眾人來說，這就是水火不侵、永遠潔淨如新的仙衣。

佟道喜歡乾淨，從農家偷來破爛的衣服，為的是掩飾真正的身分。就如同他恢復了本來面目，而不是繼續戴著天童子那張容貌普通的假面，只是為了不讓被人知道他的真實身分。

那些背刺的老傢伙不會想到，天童子沒死，而是用真正的面貌混入了千里之外的洛書宗。

郁恬抱著厚厚一疊書返回來的時候，眼睛明顯亮了一下。人靠衣服馬靠鞍，穿上了雪白道袍，挽上了髮髻的佟道清麗脫俗，說他是女扮男裝也沒人懷疑。

唯一讓人惱火的是，佟道蹺著二郎腿，還晃悠著腳，這就可恨了。郁恬把書放在桌子上，說道：「站有站相，坐有坐相，晃腿賤三年。」

佟道用力晃了兩下，不等郁恬開口，就主動湊在桌子前開始翻看書名。郁恬和佟道並肩站在一起，如同一對空谷幽蓮的姊妹花。

郁恬抽出一本書，說道：「讀過了《洛書真解》，想要修行入門，就得參悟

《一元訣》，這是洛書宗弟子的入門基礎。」

佟道接過這本道書打開，湊在燈光前看著。美人如玉，郁恬心中歡喜。造物鍾靈秀，長得好看就是正義，哪怕是闖禍了，挨揍也會比醜鬼輕得多。

佟道隨便翻了兩頁，說道：「姊姊，洛書宗這麼窮的嗎？我家是土財主，也有夜明珠照亮。」

郁恬氣結，偷偷揉著心口，說道：「以前有夜明珠，這不是破落了嗎？被不長進的前輩當作禮物送人了。氣死！沒錢還裝大方，非要交遊廣闊，弄得弟子吃糠嚥菜。」

佟道總結道：「打腫臉充胖子。」

郁恬說道：「對，要多敗家就有多敗家。看得懂嗎？」

佟道慢條斯理的翻閱，說道：「淺顯易懂，意思不大。我在想，上古先民也有一元訣這樣的修行道法？」

郁恬說道：「大道至簡，演化至繁，應該是真正的大道越傳越謬誤，所以衍生出諸多法門。」

佟道理直氣壯的說道：「所以這種道法我就不修煉了，我總覺得自己行，說不定能夠走出一條新路。」

說你胖，你還喘上了？郁恬眼神冷厲的看著佟道。還沒入門就如此膨脹？

佟道繼續翻閱，說道：「正確解讀洛書，應該可以完善或者說改善目前的修行方法。譬如說，我以符籙入門。」

郁恬眼神有些茫然。你在教我？咱倆誰是師父，你心裡沒數？

第四章

並蒂蓮

佟道看似讀書，實則感知到郁恬的情緒變化，說道：「我在想，前人一定是對的？或許他們只看到了眼前的一點點，卻沒看到全貌。管中窺豹，或許可見一斑，也許謬之千里。」

還沒正式入門呢！首先就點評洛書宗前輩一千多年的心血結晶？這得棍棒教育了，郁恬從法寶囊悄然掏出一根棍子。

佟道說道：「符籙對我的吸引力比較大，這是修道人使用的特殊文字。千萬變化，不離其中。」

郁恬說道：「符文為小道，還不如我們洛書宗的傳承久遠。各宗各派皆有所涉獵，但是沒人當作主流，你可不能誤入歧途。」

佟道轉身，眸子在燈光下益發明亮，說道：「這是我從《說文解字》領悟的道理，掌握了字理，明白了一個字的由來，會讓人對天地有別樣的理解。符籙亦如是，準確的說是符文，符文組成了符籙。姊姊，我想要研究符文。」

受不了這種傢伙！郁恬板著臉，一臉的不痛快，依然語氣和緩的說道：「我對符文了解不是很深厚，帶你入門不是問題，喊『師父』。」

佟道乖巧說道：「師父姊姊。」

有些執拗了，非得喊「姊姊」做甚？你說他細皮嫩肉的樣子，肯定扛不住棍子揍，再說還有傷在身。看在他開啟洛書真正解讀方法的情分上，先縱容這一次。

郁恬帶過來的道藏中，有一本涉及到了符籙的知識。郁恬抽出這本《五行數符》，說道：「這是五行峰的前輩留下的心得，涉及到了五行方面的符籙。有人說符文為溝通天地的語言，或許有道理，但咱們洛書宗沒這個本事，只能勉強運用，涉及不到更多。

但是學習符籙，照葫蘆畫瓢屬於誤人子弟。我先從基礎的符文給你講解，我掌握的基礎符文有三十七個，主要是我不擅長符籙，但這些符文夠你學幾個月。」

學習符文，肯定不能奢侈使用空白符紙。別說洛書宗破落了，哪怕是家大業大的時候也不可能如此敗家。

郁恬在一張空白生宣紙上勾勒出一個歪七扭八的符文，說道：「不同的符文，涉及到不同的運筆技巧，更涉及到真氣配合。常理來說，不到築基期，沒有辦法學習符文。真是拿你沒辦法，死記硬背也得學會。」

佟道接過毛筆，筆走龍蛇，迅速繪製出這個基礎符文。郁恬愣了一下，佟道說道：「我兩歲讀書，三歲開始寫字，畫畫也略懂一些，運筆不是問題。」

郁恬驚喜問道：「工筆還是寫意？」

佟道說道：「工筆重彩更擅長一些，雖然看似不如寫意來得瀟灑。」

郁恬頓時感覺找到了知音，孤芳自賞是需要資本的。郁恬來到洛書宗之前，也是家學淵源，琴棋書畫皆有涉獵。問題是在洛書宗找不到契合的同門，導致後來郁恬索性躲在九宮峰自娛自樂。

佟道說話就不外行，否則沒有底蘊的人，談什麼工筆重彩？知道這是什麼流派嗎？

郁恬問道：「會下棋？」

佟道這一次微微矜持，說道：「讀過幾十本棋譜。」

郁恬歡喜說道：「方趾圓顱，無富無貴。」

佟道說道：「眾生平等，眾子皆然。飛之清揚，尖之靈秀。」

郁恬接著說道：「跳之捷達，連之堅實。為師這些年憋慘了，找一個下棋的人也找不到，更不要說其他，洛書宗一大群俗人，俗不可耐。」

佟道奉承道：「姊姊未來正確解讀洛書，成為一代大宗師，自然更是奇峰突兀，俯瞰眾生。」

郁恬笑出聲，旋即有些心虛的說道：「這些虛名，為師先承擔著，未來還得歸屬於你。青出於藍而勝於藍，這才是我們九宮峰發揚光大最好的證明。」

佟道驚訝說道：「這間臥房是姊姊特地指定給我，分明是故意讓我看到鑲嵌在屋頂的洛書圖案。姊姊一定是早就參透了，卻不肯居功。我對外人說，洛書是我解讀的，誰信啊？再說，若是有人信了，偷偷把我捉走，我上哪兒哭去？這種虛名能害死人，我絕對不承擔。」

郁恬懷疑自己聽錯了。你年紀也不小了，真不明白正確解讀洛書的天大價值？還是你真的淡泊名利？

佟道催促道：「姊姊，其他的符文呢？未來喝粥吃飯，就看我能不能搞懂符文了。」

郁恬沒有繼續書寫新的符文，而是指著紙上的符文，說道：「這個符文，我不知其名，只能肯定的告訴你，水系符文離不開它。符文從大類上劃分，可以分為五行，這應該就是水系的符文之一。」

午夜時分，郁恬患得患失的走出臥房。不放心啊！越來越不放心，過目不忘的開山大弟子，帶給初為人師的郁恬好大的壓力。

當然這樣才是對的，長得好看……不是，看著就靈氣十足的樣子，自然不可能是一問三不知的笨蛋。問題是郁恬總共只掌握三十七個基礎符文，最多兩天，就要被佟道全部學會。

佟道熄滅燭火，靜靜躺在床榻上。洛書宗不愧是傳承千年的宗門，如果不是郁恬手把手的教導，誰能想到基礎符文有這麼多名堂？

從小家學淵源，學的是陣法，許多符籙佟道知其然，不知其所以然，也就是處於能運用的狀態，不明白更深一層的意思。今夜跟著郁恬學習了十二個基礎符文，郁恬也不是全掌握，更多的是靠猜測，知道哪些符文大致屬於五行的哪一類，這對於佟道來說已經足夠驚喜。

午夜子時，也是郁恬修行的時刻，郁恬卻怎麼也靜不下心。這個開山大弟子有些妖孽，怎麼折服這個油嘴滑舌的傢伙，是個難題。

尤其是想到未來，徹底解析洛書，到時候整個洛書宗為之震撼的場面，郁恬就心潮澎湃。

靜不下心，那就不能勉強。郁恬把幾張蒲團鋪平躺下去，星光般的美眸在夜色中忽閃。

忘了問他，早餐吃什麼？就憑晚餐的四菜一湯，郁恬估計白米粥、小青菜就沒辦法滿足這個開山大弟子的刁鑽胃口。

清晨時分，郁恬察覺佟道還沒醒來，她頂著淅瀝灑落的秋雨御劍飛向遠方。回來的時候帶著一個食盒，裡面裝著剛出爐的小籠包、滾燙的豆花、剛炸出來的油條，還有熗拌小菜。

昨天郁恬就帶著食盒回來一次了，今天早晨還不遠百里奔跑買早餐？幾個分支的峰主匯聚在主峰，七嘴八舌的討論郁恬的反常行徑。

郁恬與師兄師姊格格不入，山下帶來的大小姐做派，還有孤芳自賞的性子，很不討喜。

這些年郁恬性子益發清冷，根本沒有動過收徒弟的想法。宗主幾天前才對郁恬提起，卻被郁恬用自己需要踏入金丹期的強大理由駁回。

誰都看得出來，郁恬是那種真正不願受到任何羈絆的性子。這一次放棄宗門珍藏的資源也要收下佟道，還接連駕馭飛劍出去購買美食，太反常了。

中年美婦琢磨良久，對郁南說道：「師弟，是小夢夢把佟道帶回來，你讓小夢夢去九宮峰。別帶著什麼目的，就是打著拜訪的名義轉一轉。」

佟道一路發燒來到洛書宗，蒙夢多少有些擔心。在洛書宗弟子最艱難的時刻，佟道站出來，拿出了報恩令逆轉危局。那些師弟、師妹有沒有感恩之心不得而知，反正蒙夢心中惦記著這份人情。如果沒有報恩令，自家師弟、師妹的下場不堪設想。

小師叔地位高，實力一般，還有些倨傲，她能照顧好佟道？帶著這份憂慮，蒙夢駕馭飛劍來到九宮峰。

來到九宮峰的洞府門口，就聽到郁恬和佟道的笑聲。相處這麼愉快？蒙夢發聲說道：「小師叔，蒙夢拜訪。」

郁恬果斷沉下臉，說道：「我很忙。」

佟道咬著小籠包，說道：「是大夢姊姊，讓她過來一起吃早餐。」

郁恬放下筷子，說道：「吃也堵不住你的嘴，今後稱呼她為『蒙師姊』。」

佟道撇嘴，郁恬從容背著手走出洞府。空山新雨，益發襯托郁恬丰姿綽約。同為女子，蒙夢也得在心中說一句：小師叔真好看！如同畫中人。

蒙夢欠身說道：「弟子帶回佟道的時候，發現他傷勢很重，我不確定他燒退了沒有。」

郁恬說道：「好著呢！有我在，我的徒弟還能無法好轉？」

蒙夢的意思很明顯，她想進去看看佟道。郁恬則是裝作聽不懂：妳過來做什麼？這裡不歡迎妳。

佟道端著裝豆花的碗，右手用調羹不斷把豆花送入嘴裡，溜達著來到洞府門口。一邊吸溜豆花，一邊微笑對蒙夢示意。

蒙夢的眼睛睜大到極限，看著一身雪白真絲道袍，頭戴金簪的佟道。和同樣白衣木簪的郁恬站在一起，如同一對出汙泥而不染的並蒂蓮。

郁恬惱怒喝道：「淒風苦雨，出來著涼怎麼辦？回去！」

佟道對蒙夢微笑頷首，一邊吸溜豆花一邊走回去。

蒙夢張口結舌。小師叔對於佟道是不是太寵著了？他穿的道袍是妳備用的那件吧！

救命之恩是相互的，佟道在危急時刻站出來，把報恩令交給蒙夢。但是反過來說，也因為蒙夢帶隊的洛書宗弟子把重傷的佟道帶回宗門，才免得他中途遭遇危機。否則重傷昏迷的佟道連一條野狗也打不過，若是遇到歹徒，只有送命這一個下場。

因此蒙夢來拜訪，郁恬再不開心，佟道也得出來見一面。一回生，兩回熟，今後再見面，那就是同門師姊弟了。

對於拜師洛書宗，佟道沒有任何心理壓力；至於拜在誰門下，更無所謂。當然養眼的大美人最好，過眼癮也算是過癮的一種。

聽到佟道遛達著走回去，郁恬說道：「放心了？」

蒙夢說道：「師叔誤會弟子了，佟道師弟帶著報恩令，這是宗門的貴賓，宗主師伯和家師他們也極為掛念。」

郁恬冷冷說道：「是在背後嚼舌根吧！因為看到我接連出山購買食物。」

蒙夢說道：「弟子委實不知。」

郁恬說道：「那就回覆宗主，就說我九宮峰的弟子如何培養，不勞宗主費心。有這個閒心，不如多約束她自己的徒弟，一個個傻裡瓜嘰，眼神還不對勁。」

蒙夢沒法接話，小師叔長得好看，弟子們自然喜歡多看兩眼。當然，男弟子盯著女師叔看，肯定逾越冒犯了。

郁恬拂袖轉身，蒙夢無奈搖頭。身為大師姊，有操不完的心。

郁恬走了兩步，停下來，說道：「回去帶個話，就說我需要基礎符文。湊足十個基礎符文，就可以借閱一次《九宮圖錄》。這件事情不勞煩其他人，妳來負責就好。整個洛書宗，唯有妳讓我看著順眼。」

蒙夢是那種清麗端莊的氣質，不是千嬌百媚的魅惑風格，這也是太上長老指定蒙夢成為宗主接班人的原因。

蒙夢做事大器，沒有人能夠指責蒙夢處事不公，私心過重，這是本事。一個年過雙十的女孩子，自身修行與宗門瑣事並重，還不耽誤築基成功，天資相當不俗。

蒙夢說道：「這種好事，弟子首先不能錯過，弟子掌握二十幾個基礎符文。」

郁恬皺眉說道：「這麼多？」

蒙夢說道：「弟子私下理解，符為天地語，自然有著特殊的威能。只可惜掌握的基礎符文不完整，沒辦法解析更多的符籙。如果師叔願意，弟子願意用自己掌握的基礎符文向小師叔求教。」

蒙夢身為大師姊，說話委婉。她希望和郁恬交流基礎符文，而不是借閱《九宮圖錄》。

郁恬說道：「黃昏……不，午後吧！未時妳過來，我把整理出來的基礎符文和妳對一下，看看有沒有重複的符文。」

蒙夢欠身說道：「是，弟子這就回去整理，同時向師叔伯傳遞這個消息。」

郁恬說道：「妳我掌握的基礎符文碰對過之後，妳幫我篩選，然後把沒有掌握的基礎符文學過來，我不喜歡雜七雜八的人來到九宮峰。」

蒙夢再次欠身，說道：「弟子因此撿了現成的便宜，心中有愧。」

郁恬說道：「順水推舟，落下人情還有好處，這種機會別錯過。當大師姊，不意味著只能吃虧。」

讓蒙夢負責挑選沒見過的基礎符文，那就等於蒙夢跑腿就能學習不同的基礎符文。還能收穫那些師叔、師伯的人情，可以說是一次肥差。

最初遭到冷落，現在得了甜棗，蒙夢心情愉悅。至於看到佟道師弟穿著小師叔道袍的事情，就當作沒看見好了。

這一次早晨出門，郁恬直接把午餐也帶出來了。洞府中也有炊具，生火使用蒸籠就可以加熱飯菜，免得不斷出去奔波。

吃過午飯，秋雨停息，沒有秋雨連綿。這一次的秋雨來得迅速，走得乾脆。填飽肚子的佟道溜達走出來，大口呼吸著清新的空氣，說道：「姊姊，那棵是不是栗子樹？」

臉色有些陰沉的郁恬瞄了一眼，說道：「猴子才吃那東西。」

上午學習，直接把郁恬掌握的基礎符文掏空了。睡飽的佟道精神煥發，明顯比昨天康復了許多，學習的精神頭也十足，讓郁恬鬱悶了。

佟道說道：「栗子燉雞，相當美味。」

郁恬斜睨。你從小到大是不是整天琢磨如何吃？怎麼沒把你吃成一個胖子？

佟道熱切的說道：「趁著季節好，弄一些回來，我會做這道菜。」

有人下廚，這事就美了。郁恬說道：「我去找一個籮筐。」

九宮峰不是一座孤伶伶的山峰，周圍還有低矮的群山環繞。這裡不僅僅有栗子樹，還有榛子樹，還有松樹，甚至還有柿子樹。

走入叢林中，佟道看到樹林中有一塊大石頭，上面篆刻著巨大的符文。郁恬嗤笑道：「原本這些符文凹槽中鑲嵌著不同的金屬，被那些窮瘋的長輩扣下去賣錢了。」

佟道心中一動，說道：「我昨晚讀書，看到有一本關於陣法的道書，這塊巨石會不會是防護大陣的節點？」

郁恬說道：「對啊！只是防護大陣兩百年前便失效，也沒人弄懂怎麼回事。明明大陣的節點保護完好，就是沒有辦法發揮作用。

多年前，洛書宗有完善的衍天大陣，一共十座山峰，各自有一座子陣。遇到強敵的時候，子陣可以組合成超級大陣。洛書宗曾經遇過神君強攻，依然被擋住了。可惜後世子孫無能，洛書宗成了破落戶。你說這些不要臉的前輩，把布置大陣的金屬也扣走，還能不能做個人了？」

佟道想了想，終於把要說的話嚥了回去，而是在地上撿起掉落的板栗，丟入籮筐中。

看著佟道專注的撿栗子，郁恬問道：「從小飽讀詩書，會做詩？」

佟道說道：「這還用說？我小時候坐哪兒哪兒溼。」

郁恬撿起一顆板栗砸過去，砸得佟道抱頭鼠竄。一陣秋風吹過，落葉紛紛灑灑飄零。

郁恬撿起另一顆板栗準備砸過去的時候，佟道說道：「老枝不挽黃葉去，新木眠後嫩芽歸。」

這詩，很是應景，還真會作詩，不是抄襲的吧！郁恬期待後面兩句的時候，佟道跳過一條小溪，繼續說道：「離地三尺一條溝，一年四季水……嗷！」

後面兩句不正經的詩句，那是廣為流傳的下流話，這才是他的真實才華……不，是他的真實想法。這個小流氓，不打不行了。

板栗飛舞，佟道背著籮筐狼奔豕突。太疼！沒有真氣保護，板栗砸在身上劇痛。

忽然佟道止步，一臉警惕的表情看著一株茶樹。郁恬追上來，揪住佟道的耳朵：裝什麼？不信你不認識茶樹。

佟道咧嘴歪頭看著茶樹，說道：「沒看出來？」

郁恬認真看，沒什麼異常啊！就是一株老茶樹。

佟道手指凌空勾勒，說道：「不像是一個天然的符文？」

郁恬側身，從佟道的角度去看，就在郁恬看出枝幹的確形成一個天然符文的時候，老茶樹拔地而起，拖曳著泥土，向山下狂奔。

成妖的老茶樹！郁恬驚喜交加。這株老茶樹就在九宮峰，甚至可以說就在九宮峰歷代大修的眼皮子底下進化成妖。如果不是佟道剛學會基礎符文，一眼看出了樹枝形成的天然符文，老茶樹還將繼續矇混過關。

郁恬放出飛劍，喝道：「大膽妖孽！竟然侵襲到了九宮峰。繼續逃跑，休怪本座飛劍無情！」

散發出凜冽寒光的飛劍逼近老茶樹，老茶樹停下來。

草木成妖有一個致命的威脅，就是本體被人發現，那就注定在劫難逃。

遠方的一座山峰中，另一道更加恐怖的劍氣逼近。郁恬喝道：「這是我九宮峰的妖樹，師叔不能越俎代庖！」

劍氣化作一個頭髮花白的老者，老者盯著老茶樹，說道：「好妖孽！竟然在我洛書宗廝混多年，有本事！」

郁恬更正道：「師叔，此妖是藏匿在我九宮峰，我親自處理。」

妖物，不是人人得而誅之，這種茶樹成妖，絕對是可遇而不可求。老者發現了成妖的茶樹，打出洛書宗的名義，這就是要截胡，豈能容忍？

老者目光掃過佟道，然後以揶揄的眼神看著郁恬，說道：「恬恬，這是妳同門師姊妹？」

郁恬張嘴。這個老不要臉的！挑撥離間是不是？

佟道笑嘻嘻說道：「老人家，既然老眼昏花，那就別參與正事。公母也分不清，善惡自然難辨。此樹與我有緣，走啊！愣著做什麼？」

茶樹真的緩緩後退，退向佟道。

佟道說道：「這就對了，做人也好，做妖也罷，必須趨利避害。師父姊姊，妳來攔住老前輩，我帶著茶樹妖回家。想一想，咱們九宮峰的洞府門口種著一株成妖的茶樹，外人來作客，看著也體面啊！」

郁恬大器說道：「既然你喜歡，那就這麼定了。下次不可任性，去！」

老者玩味的看著郁恬，說道：「這小子進入洛書宗的時候，灰頭土臉，彷彿一個小乞丐。妳挺會打扮的啊！嘖嘖……看上去和妳姊妹差不多。」

郁恬正氣凜然說道：「師叔不能開這種粗俗的玩笑，跌分！」

老者遺憾看著引領茶樹妖走遠的佟道，說道：「如此的師父，這樣的徒弟，呵呵……可別傳出什麼風言風語。」

郁恬背負在身後的左手豎起中指：老不羞，這種話也說得出口，你把我當什麼人了？

第五章 太上長老的隱憂

老者笑著搖搖頭，郁恬說道：「師叔，你身為太上長老，可不能亂講話。」

老者說道：「把自己的道袍給他穿，妳就不知道避嫌？」

郁恬說道：「這不是師徒如父子嗎？我心坦蕩，自然沒有那麼多雜七雜八的心思。」

老者說道：「記住自己說的話。」

郁恬說道：「有這份閒心，您還是操心洛書宗的未來吧！茶樹成妖，至少也是在我進入洛書宗之前的事情，但是誰看出來了？我開山大弟子眼睛管用，一眼就看出枝幹形成了天然的符文。

洛書宗積弱已久，明眼人誰看不出問題？師叔看不到？既然看到了，為何沒辦法解決？您身為太上長老之一，大刀闊斧的變革啊！」

老者被嗆得無言以對。這株老茶樹在九宮峰太多年，不是郁恬加入洛書宗時就在，而是老者入宗的時候，老茶樹就在這裡。數百年來，老茶樹幾乎沒變過樣子，每年春天出產的茶葉口感也一般，因此形成了燈下黑，誰也沒想到老茶樹早就成妖了。

老者眼睜睜看著佟道把老茶樹引領到洞府門口，他輕聲說道：「此妖身上沒有血氣，應該沒有殺生，故而從來沒人想到它已經進化為木妖，留著幫妳把門也好。」

郁恬得意一笑。這就對了嘛！

老者說道：「佟道的根底調查過了？」

郁恬說道：「沒有，也不想調查。他持有報恩令，不要求宗門的資源，只願成為我的弟子，我還擔心什麼？再說咱們洛書宗有什麼值得圖謀的東西？耗子來了，也得哭著離開。」

老者再一次被嗆得啞口無言。是啊！洛書宗早就破落了，每年招收弟子艱難，附近幾百里的世俗中人也知道，洛書宗沒前途。

老者不甘心的說道：「此子容貌過於出色，妳要知道，自古美人如名將，不許人間見白頭。說的是世俗，修道中人更是如此。美色，容易引來禍患。妳家當初把妳送到洛書宗，何嘗不是為了避免妳的絕世容顏惹禍？」

郁恬沉下臉，說道：「擔心惹禍，我帶著徒弟離開宗門可好？師叔，當年您的綽號是『絕域七星』，可不是如此膽小怕事。」

老者嘆息一聲，心灰意冷的揮手說道：「去吧！儘量不要離開宗門。在我和其他幾個太上長老沒有突破之前，咱們洛書宗低調一些不是壞事。」

郁恬說道：「您突破還有可能，其他的太上長老，我可不看好。」

老者斥道：「不許胡說八道，滾蛋！」

郁恬說道：「師叔，您掌握基礎符文嗎？」

老者眼眸微亮。妳有這個興趣？那就太好了！

郁恬說道：「我徒弟想要研究符文。」

老者頓時氣悶。妳徒弟？妳徒弟還不是修行中人，他研究個屁啊！老者拂袖。

郁恬有些小失望，旋即看到老者沖天而起，一本明顯是手抄本的書籍落向地上。

郁恬使用飛劍接住手抄本，打開之後，果然是一本關於符文和符籙的心得。

郁恬提高聲音說道：「師叔，弟子必有厚報，是您想像不到的回饋。」

老者當作沒聽見，早年間老者希望天資聰穎的郁恬學習符籙之道，可惜郁恬打著學習符籙的名義，騙了幾件貪圖已久的禮物，之後便再也不搭理老者。今天她終於開口，卻是為了她的開山大弟子，簡直就是胡鬧！一個沒有修行的小東西，也想研究符文？逗我開心呢！

至於郁恬所說的回報，老者更是半個字也不信。漂亮的女孩子慣會撒謊，希望她不至於被她的徒弟騙，否則就是天理昭昭，報應不爽了。

滿心歡喜回到洞府門口，老茶樹主動落地生根。佟道蹲在茶樹前，正在觀摩那個天然形成的符文。

遠方一道劍光出現，蒙夢依約而來。郁恬放棄了讓佟道進入洞府的想法，反正是熟人，無妨。

郁恬把老者丟下的手抄本交給佟道，說道：「別弄丟了，更不可弄壞了。太上長老擅長符籙，當年讓為師和他學習，但為師懶得費心。」

佟道坐在老茶樹的樹下，打開手抄本就沒辦法轉動眼珠。太上長老當年對符籙一道下過苦功，裡面記載的是他掌握的符籙還有基礎符文。

雖然被打回原形，幾乎淪落為普通人，但佟道的眼光比常人強得多。從劍氣來看，這個太上長老至少也是元嬰巔峰，甚至有極小的機率是化神期的神君。

外界傳言，洛書宗沒有高手坐鎮，這應該是有心人炮製的謠言，極有可能是某些別用有心的人蠱惑那些強大的散修對洛書宗下手。

破船也有三斤釘，洛書宗的弟子認為宗門破落；然僅僅是洛書宗的道法傳承，對於絕大多數散修來說，那就是無價之寶。

佟道持有報恩令，還因為道基被毀，身中封印，顯得彷彿是凡俗中人，依然被蒙夢和郁恬反覆檢查；如果在佟道體內察覺到異種真氣，那就必須嚴格審核，才有資格列入門牆。

佟道也算是家學淵源，否則戴著特殊面具的天童子也不會快速崛起。

但家學依然有巨大的短板，譬如說符籙一道就明顯很弱。

混入洛書宗，郁恬掌握三十幾個基礎符文，太上長老則拿出了自己的手抄本直接丟過來；換個散修求教試試？太上長老寧可玉石俱焚，也不可能交出畢生心得。

對於洞府門口出現了一株老茶樹，蒙夢沒有感到絲毫奇怪。小師叔明顯特別寵這個小師弟，小師弟要什麼自然有什麼。

長得好，差不少，這是洛書宗的廣泛說法。蒙夢有自己的耳報神，專門給她講述各種小道消息，譬如說名為「白晨」的垂髫少女、譬如說那些仰慕她的師弟。

洛書宗喜歡以貌取人，這也不是一代、兩代的沉痾。現在是門庭冷落，才不得不放寬標準，否則哪怕是按照百年前的標準，此刻宗門絕大多數弟子都沒資格列入門牆，無他——長得不行。

很早以前，洛書宗有個綽號叫作「洛神宗」，形容得相當貼切。那個時候洛書宗人材濟濟，各種風流倜儻的弟子層出不窮，絕對是最養眼的傳世宗門之一。

洛書宗的祖師堂中懸掛的那些老祖畫像，個個才貌出眾。實力不說，賣相那是相當拿得出手。

小師叔有些護短，或者說是護食，不願意自討沒趣的蒙夢不去看專心翻閱手抄本的佟道，而是坐在郁恬身邊，拿出自己整理的基礎符文講述著。

不同的人，有不同的風格。蒙夢是把基礎符文繪製在不同的廢棄符文卡上，但是沒有標注任何評語。這些符文具體是什麼意思，蒙夢心裡清楚，絕對不會落在筆頭上。

蒙夢和郁恬低聲細語，佟道坐在老茶樹下翻閱手抄本。老茶樹的一根枝幹傾斜，彷彿正在窺視書中的內容。

佟道察覺了，卻沒有阻止，更沒有試圖迴避。意外發現老茶樹的枝幹組成了一個天然的木系符文，佟道察覺到不對勁，結果打草驚蛇，把老茶樹嚇得拔腿飛奔，直接暴露它已經成妖的真面目。

秋日雨後，豔陽高照，洞府門口猶如畫中。老者沒有回到自己閉關的洞府，而是竭盡目力遠眺。

賞心悅目啊！當年……應該是兩百年前了，那個時候的洛書宗依然稱得上衣冠風流，俊男美女遊走在宗門之內，美不勝收。

饒是兩百多年前，郁恬和佟道這樣的絕美師徒也沒有。郁恬是天生的美人胚子，很小就惹來不該有的覬覦，才被家人送到洛書宗；煥然一新的佟道簡直就是妖孽，一個男孩子，長得這麼俊俏做甚？沒事絕對不能讓這對師徒出去浪，否則天知道會惹來多少的麻煩？

蒙夢與郁恬交流完畢，甚至沒有轉頭看專心讀書的佟道一眼，起身悠然離去。駕馭飛劍繞過一座山梁，老者出現在前方。

蒙夢驚喜的看著老者，落下飛劍跪在地上，說道：「蒙夢叩見太上長老。」

就是這位太上長老，指定蒙夢為大師姊，這也就意味著蒙夢是未來的宗主，這是真正的知遇之恩。可惜太上長老很少露面，蒙夢也只見過幾次而已。

老者說道：「從九宮峰回來，有何感悟？」

蒙夢斟酌著詞語，說道：「小師叔和小師弟如同一對璧人，美不勝收，很容易惹來狂蜂浪蝶。數百年前宗門之禍，前車之鑑。」

老者頷首說道：「歷練得不錯，知道從大局考慮。今後別讓妳小師叔出去買食物，妳天天問一句，提前準備好。」

蒙夢說道：「是，弟子親力親為。小師叔似乎不想讓別人打擾，會讓她不開心。」

老者鬱悶的嘆息一聲。說出去不夠丟人的，可千萬不要搞出什麼丟人現眼的事情，這可是大忌。

老者攔截茶樹妖，其實是抱著帶走佟道的想法，甚至收下佟道為弟子也不是不可以。

畢竟郁恬已經是紅顏禍水，招了這麼一個容貌妖孽的徒弟。九宮峰還沒有其他成員，孤男寡女相處在同一座洞府，實在是讓人憂心。

洛書宗風氣不正，是隨著宗門破落而逐漸形成。太多弟子私下結成一對對道侶，幾乎是明鋪暗蓋，導致宗門烏煙瘴氣。

宗主與八大分支的峰主也試圖改變，可惜木已成舟，總不能把來之不易的弟子全部驅逐出門。

唯一不用操心的就是九宮峰的峰主郁恬，因為郁恬就沒想過收徒弟，孤家寡人，自得其樂。

現在郁恬終於肯收徒弟了，收的卻是這麼一個讓人看著就不放心的俊俏弟子，這要是師徒之間鬧出什麼笑話，洛書宗的成員也別出門見人了。

油燈放在身邊，佟道這才轉頭，天已經黑了。郁恬坐在佟道身邊，說道：「看書傷眼，該適當的休息。」

佟道捲起手抄本，說道：「真厲害！」

郁恬說道：「沈舟師叔自然厲害，否則憑什麼成為太上長老？元嬰期才有資格成為太上長老，老頭子實力很強的。」

佟道靠著樹幹，說道：「實力有多強我不知道，太上長老對於符籙的見解，讓我如獲至寶。」

郁恬問道：「真的看得懂？」

佟道說道：「不難理解，就相當於另一種文字，知道了每個字的意思，組合成句子就不難了；能構成句子，寫出一篇華章也不是難事。」

郁恬揶揄道：「就如同你寫的穢詩？」

佟道得意說道：「這妳就不懂了吧！語不驚人死不休，要的就是這種強烈的反差。姊姊，沒晚飯？」

郁恬說道：「喏！松雞。」

褪毛去了內臟的松雞掛在老茶樹的樹幹上，就等著佟道烹飪栗子燉雞呢！

佟道迅速爬起來，說道：「這還等什麼？油鹽醬醋有沒有？」

郁恬說道：「我在宗門的廚房拿了一些，也不知道合用不合用。」

佟道挽起袖子，說道：「只要有鹽就行，好廚子，一把鹽。」

洞府門口架起爐灶，佟道開始翻炒雞塊，郁恬負責把栗子剝殼。香味炒出來，栗子下鍋，剩下的就是等待燉熟。

只有一個爐灶和一口鍋，有米也來不及煮飯。佟道和麵，揪出一個個麵團放在爐火邊烘烤，看架式，廚藝相當嫻熟。最主要的是鍋蓋縫隙散發出來的香氣，聞著就相當可以。

沈舟太上長老在夜色中靠近九宮峰，近距離看著佟道生火做飯。看模樣是個養尊處優的富家子弟，只是這嫻熟的廚藝從何而來？

怪香的！沈舟吞了吞口水。真不當人，大半夜的燉雞，這味道真勾人！沈舟取出一個酒葫蘆灌了兩口酒，聞著香味下酒，也行吧！挺解饞。

燜煮了小半個時辰，掀開鍋蓋的時候，栗子被雞油浸成了金黃色，入味的雞肉散發著淡淡的焦香。

烤麵團掰開，蘸著黏稠的雞湯入口，佟道滿意搖頭晃腦。行，廚藝沒退步。郁恬模仿佟道的樣子，烤饃蘸雞湯，比雞肉還好吃。

酒香若有若無的飄過來，郁恬和佟道同時轉頭。偷喝酒的人，你倒是在下風頭啊！站在上風頭，這是不打自招。

察覺被發現了，沈舟提著酒葫蘆，訕訕的從樹林中走出來，非常自來熟的說道：「我擔心小傢伙看不懂我的心得，特地過來看看。唷！吃宵夜呢！」

郁恬兩腮鼓鼓，沒有請沈舟入席的意思。

佟道熱情說道：「您過來一起吃。」

沈舟快步走過來，還隨手折斷了一根樹枝當作筷子。

佟道說道：「沒有座位，您將就一些。」

沈舟直奔菜鍋，說道：「喝寡酒的確差點意思，你這廚藝過得去。」

佟道笑瞇瞇的說道：「特地請我們縣城最大的知味樓大廚子傳授，終於得了真傳。」

沈舟說道：「知味樓？我去過啊！他家拿手的是八寶鴨子。」

郁恬說道：「怪不得你說昨天的八寶鴨子火候不行，你會做不？」

佟道說道：「比較繁瑣，還需要特殊的鴨子。吊爐烤鴨行不行？我最近學了一手絕活——地下燜爐，烤出來的羊肉絕了！」

隨隨便便燉的板栗燉雞已經如此美味，被佟道稱為「絕了」的烤羊肉，會有多好吃？

沈舟叼著一塊雞脖子，聽到佟道說得誇張，他直接把雞脖子咬碎吞下去，虎視眈眈看著佟道，說道：「清水羊肉不是最好嗎？其他的做法全是邪門歪道。」

佟道說道：「不一樣的風味，還不是明火烤，而是燜烤。表皮焦脆，裡面的汁水充足。不行，說不得這個，明天我就挖一個地爐，烤鴨子、烤羊肉、烤包子、烤紅薯……萬物皆可烤。」

有了板栗燉雞下酒，這便宜的酒水味道當場就不一樣了。看著郁恬烤饃蘸湯吃得不停手，沈舟也掰開一塊烤饃，蘸著雞湯放入口中。

吃貨！佟道絕對是吃貨，這味道怎麼這麼饞人？佟道說道：「饅頭蘸魚湯也好吃，得是大魚，燉出來的魚湯才足夠黏稠入味。兩尺以下的小魚不行，適合烤著吃。」

沈舟和郁恬同時看著佟道。確定了，明天你先挖地爐，我們準備食材。

佟道吸了吸鼻子，說道：「太上長老的酒不行，如果信得過我，我會蒸餾的手藝，劣酒也能脫胎換骨一樣。」

沈舟熱切的說道：「怎麼個弄法？」

佟道說道：「找一根空心的竹子，有一口大鍋就行，不難。」

郁恬說道：「師叔，不能耽誤我開山大弟子的修行，他需要努力踏入修行之門，可不能在這種瑣事耗費精力。」

沈舟說道：「這怎麼能說是耽擱修行呢？我這裡有一條上上代祖師留下的頭

鍊，最適合養護心神。知道什麼意思不？哪怕是凡人戴上這條頭鍊，也能耳聰目明，不受外邪侵襲。」

佟道說得頭頭是道，聽著也是那麼回事。如果真有蒸餾劣酒的手藝，今後喝酒就不是難事了。

沈舟喝的是小鎮買的酒，價格便宜，老百姓也喝得起的酒，可想而知品質有多低劣。好酒不是沒有，但是好酒的價格也是真好，太貴！

郁恬不動聲色看著沈舟，沈舟心痛的伸手入懷，掏出了一條金色鍊子。這是一條戴在額頭的頭鍊，正中央是一顆赤紅色的寶石。夜色中，赤紅色的寶石迸發出點點火星，這顆赤紅色寶石就是佟道沒見過的奇珍。

郁恬放下筷子，接過頭鍊，來到佟道身後，幫助佟道把頭鍊戴在額頭處。夜色中，佟道眉心點點火紅色的星火流溢，襯托得益發容顏俊美。

沈舟說道：「修行最關鍵的是什麼？天賦根骨和悟性。這條頭鍊養護心神，最適合修行中人使用。」

郁恬不是有些護食嗎？那就儘量打扮佟道，讓郁恬不敢讓佟道隨便離開九宮峰，這樣才能防患於未然。

郁恬繞到佟道正面，後退幾步，心滿意足看著自己的開山大弟子。這賣相，不作第二人想。

佟道閉上眼睛，旋即驚喜睜開。戴上了頭鍊，佟道竟然隱隱感知到了封印的所在。

最可怕的事情不是力不從心，而是不知道問題具體出在哪裡。當時猝然遭遇背刺，佟道知道自己中了封印，卻不知道具體是什麼手段，只知道自己的念力被隔絕。

郁恬問道：「有什麼感覺？」

佟道輕輕揉著眉心的赤紅色寶石，說道：「感覺思路一下子清晰起來，忽然想到太上長老的手札中有一處備註。您說符文不語，厚在其中，這句話應該如何理解？」

沈舟沒回應，慢慢把手中的烤饃塞進嘴裡，用一口酒沖下去，轉頭看著郁恬，說道：「恬恬，妳把佟道交給我，我收一個關門弟子。」

郁恬怒火直衝天靈蓋。憑什麼交給你？你是我師叔，就能搶走我的開山大弟子？符籙不過是小道，你知道我的開山大弟子解析了真正的洛書？說出來嚇死你！

沈舟說道：「這樣不委屈妳，妳得看到長遠的未來。佟道變成妳的小師弟，許多事情就不是難事。」

郁恬根本聽不出話外之音，她只知道師叔打算無恥的搶走自己的開山大弟子，是可忍，孰不可忍？

郁恬抬腳把鍋子踹翻，說道：「不必多言，此事沒有可能。佟道，隨為師回去。」

佟道把手中的烤饃塞進嘴裡，對沈舟聳聳肩膀，隨著郁恬走進洞府。

在洞府大門關閉的剎那，沈舟嘴脣微動，傳音到郁恬耳中。郁恬的耳朵迅速紅到耳根，抓住佟道胳膊強行把他拉走。

洞府大門關閉，只有幾盞油燈散發出光芒。郁恬帶著佟道來到他的臥房前，止步說道：「太上長老收關門弟子，不會動心了吧？」

佟道轉身說道：「把頭鍊還給太上長老吧！免得欠了人情。」

郁恬心中微喜，說道：「正面回答。」

佟道理直氣壯說道：「姊姊，誰願意看一個老頭子啊？美人師父不養眼？」

郁恬啐道：「不許對師父口花花。」

佟道說道：「真心話啊！朝夕相處，看著就心生歡喜，這有什麼好遮掩的？」

郁恬轉身說道：「早睡早起。」

叮囑佟道早睡早起，郁恬卻無心修行，反覆思索沈舟傳音說的那番話；又想起佟道指點完成的洛書真正圖解，郁恬念頭百轉千回，越想越是憤怒。亂我道心，實在討厭！

第六章

洛書太極

佟道目光灼灼的躺在床榻上。喜歡看美女，這是天性，從小佟道就是遠近聞名的俊美童子，提親的大戶人家派來的媒婆快要把門檻踩平了。

坐擁百頃良田的大地主，祖上出過封疆大吏，絕對的耕讀傳家。尤其是隨著佟家小公子容貌絕美的消息傳播，求親的人更是絡繹不絕。

自身長得好看，佟道天生喜歡看美女，否則一個女人容貌還比不上自己，看著能舒服？佟道心思很純淨，做穢詩也是在開玩笑，過個嘴癮而已。

因此沈舟想要收徒弟，郁恬沒想那麼多，佟道也沒想那麼多。佟道以為單純就是沈舟這個太上長老因為看到自己真正領悟符文了，才起了愛才之心。

這事佟道經歷過，那些翻臉無恥的偷襲修士中，就有一個大修提出過要收天童子為弟子，只是被狂妄的天童子當場拒絕了。

沈舟送給佟道的頭鍊，讓佟道的心火熱起來。找到了封印，那就能夠按圖索驥，疊加昨天小腹劇痛，或許很快就能重新踏入修行之門。

藉助頭鍊的輔助，佟道艱難的調動因為重創而潰散的念力，剝繭抽絲尋覓感知更多的封印資訊。

封印截斷了佟道的念力，而念力是修行的重要根基。藉助頭鍊的幫助，念力可以有限的運用，這就意味著封印破解的希望出現了。

封印念力這種手段，佟道沒聽說過，畢竟年紀太小，沒可能有那麼多的見識。身為以陣法出道的天才童子，佟道相信這必然也是陣法的某種變種。

不是符籙，應該說不僅僅是符籙，還有陣法配合。佟道希望研究符文，就是希望藉此解開自己的念力封印。

努力良久，佟道也僅僅是感知到封印在自己的腦海中，似乎是一個圓形。後背的傷口還沒有痊癒，躺久了會痛。佟道側身，藉助頭鍊的赤紅色寶石迸發的星火，看著郁恬構建的立體洛書，從這個角度看到的黑白棋子雜亂無章。

佟道閉上眼睛，在腦海中觀想，五十五顆黑白棋子緩緩移動位置，逐漸黑白分明。就在佟道驚喜睜開眼睛的剎那，腦海中觀想的黑白棋子自動組成太極圖，同時禁錮佟道的封印烙印在太極圖上。

被禁錮多日的念力噴薄而出，佟道險些忘情的歡呼起來。將近十天前，也就是在擊殺作惡多端的天風神君的緊要關頭，無恥的偷襲到來。

當時天童子萬念俱灰，死到臨頭的時候想起那個老瞎子的斷語——

「兒須成名酒須醉，會向瑤臺月下逢。」

二叔當時深深迷信老瞎子的卜卦，這才讓年幼的佟道戴著面具，遮蔽了真正的容顏，捏造了一個可靠的出身背景，以天童子的身分行走江湖。

老瞎子坑死人！兒須成名？我成名了，卻被人陰死了。掉落萬丈懸崖，捲入天風神君臨死前掀起的罡風中，沒人認為天童子還能活下去。

天才的陣法師可不是戰力無雙，大家都清楚，陣法師很耗費精力。一個年少成名的童子，不可能有實力在這種絕境活下來。

背後中了一劍，念力被封印禁錮，掉落萬丈懸崖，捲入恐怖罡風，佟道依然活下來了。

佟道的腦海中，一個六面體自動旋轉。正面看上去是洛書，側面看上去是太極。太極出自洛書，這個傳聞是真的，只是沒人用立體的結構去理解，不知道橫看成嶺側成峰的玄妙。

一圈黯淡的符文組成了閉環的符籙，環繞著這個虛擬的洛書太極，就是這個觀想出來的洛書太極，把封印給拐走了。

佟道也沒辦法解釋，為何觀想的洛書太極會在自己的腦海出現，或許這就是冥冥中的天意，嘉獎佟道解析洛書的一部分真相。

不夠完美，從上面與下面看，看到的是洛書圖案；從左側與右側看，看到的是陰陽太極；但是從前面與後面看，則顯得雜亂無章。

念力太強了，根本不是普通人能夠擁有的龐大念力，這瞞不過明眼人。佟道瞇著眼睛琢磨片刻，他的念力牽引著洛書太極緩緩分解，果然下一刻念力重新被封印。

佟道嘴角浮現出笑容，好玩！腦海中凌亂的黑白棋子重新聚合，再次化作立體的洛書太極，封印再次衝入腦海，念力自由了。

佟道無聲握拳揮舞，有了念力，一切好辦。

現在的最大問題是要不要學習洛書宗的基礎心法，如果還是學習自己的家傳祕法，修煉出來的真氣肯定與洛書宗不同，到時候洛書宗一雙雙狐疑的眼睛盯著，日子不會好過，解釋起來更麻煩。

佟道從床頭拿起《一元訣》，有了強大的念力，黑暗中也可以清楚看到書中的字跡。

《一元訣》淺顯易懂，至少對於佟道來說屬於稚子的啟蒙讀物。應該取自一元復始，萬象更新之意。

這綵頭可以，萬象更新，天童子「死了」，佟道在洛書宗活過來。沒人想到容貌普通的天童子就是洛書宗的小弟子，完美！就是這個了。

抱元守一，這是常規步驟。觀想書後備註的十個特殊符文其中之一，這就是催生第一縷真氣的關鍵。

佟道琢磨良久，這十個符文應該是來自洛書宗的十個開山祖師。只能說各有千秋，總是差了那麼一點意思。

佟道盤膝坐起來，捲土重來啊！重複老路有意思？既然十個開山祖師留下的特殊符文各不相同，憑什麼用你們的，而不能用我自己的？

符文是種子，或者說是引子，剛入修行之門的練氣士需要觀想這個引子，讓第一縷真氣萌生，並依託這個引子發展壯大。

佟道琢磨良久，以前修行的基礎心法也就是一般般。如果用自己腦海中不斷自行運轉的洛書太極作為引子呢？可以成不？

佟道估計著問題不大，實在不行，散掉真氣重來唄！多大的事？幾乎粉身碎骨的劫難都熬過來了，些許異想天開的想法不見得不行。

給佟道最大支持的理由是觀想的洛書太極竟然在腦海中長存，甚至把封印給拐走了。這就意味著解析出來的洛書太極足夠強大，作為大道之種妥妥的。就這麼定了！

兩歲讀書，三歲寫字，真不是吹噓。佟道還有些話沒對蒙夢說，那就是他六歲開始練氣，八歲踏入築基期。

天童子，是上天的寵兒。只是知道天童子身分的人，都認為他來自一個古老的宗門，精擅陣法之道；不了解天童子的人，只知道江間府的佟家出了一個粉雕玉砌的俊俏童子，佟家良田百頃，錦衣玉食，佟家小公子還沒訂親。

道基崩潰，但沒有徹底斷根，只是傷得很重，沒有幾年的時間，估計沒有辦法徹底恢復。

慢慢來吧！這一次一定要苟著成長。去他奶奶的兒須成名酒須醉！再信老瞎子的胡言亂語，就是大傻子。

在殘缺的道基上，一個模糊的正方體緩緩觀想出來，天地靈氣循著感應湧入體內。

翻來覆去睡不著的郁恬察覺到靈氣波動，她第一時間竄起來，衝到佟道的臥房門口，凝神靜氣豎著耳朵聆聽。

臥房中，佟道的呼吸悠長均勻。九宮峰的天地靈氣原本就是以洞府為核心，此刻充盈的天地靈氣湧入佟道的臥房。

他在修煉？郁恬睜大美眸。這孩子太放肆了！修煉非同小可，沒有名師指點，走錯了路怎麼辦？知道你渴望能夠飛天遁地，那也不能如此急躁，你倒是和我說一聲啊！

臍下三寸的位置被稱為「氣海」，剛剛能夠汲取天地靈氣的修士稱為「練氣士」。練氣士吞噬天地靈氣化作真氣，就儲存在氣海。

這是個水磨功夫，因此修道人講究才侶法地。譬如說即使洛書宗破落，但是他們的宗門所在地，本身就是方圓數百里內靈氣最充足的地方，十座高峰更是天地靈氣匯聚的所在。若是換作靈氣稀薄的地方，天才也得艱難度日。千里馬吃不飽，和駑馬沒啥區別。

觀想的洛書太極種子在絲絲縷縷湧入的真氣催動下旋轉，不同的是氣海的洛書太極種子模糊，還是順勢旋轉；腦海中自動觀想出來的洛書太極是逆勢旋轉，兩者一正一反。

佟道開始修煉的時候差不多是辰時，將近一個時辰過去，佟道主動停止修煉。

險些搞砸了，誰家剛入門的小練氣士能一口氣修行一個時辰？找死呢這是……忘了低調成長的初衷。

佟道吁口氣，結束修煉，房門被推開。隨著房門打開，洞府外面的天光通過幾面銅鏡折射進來。

郁恬板著臉走進來，不等郁恬開口，佟道便跳下床，說道：「看這個。」

郁恬蹲下來，看著佟道蹲在簡陋的立體圖形前，從側面開始，把黑、白兩色的棋子上下移動位置。

隨著佟道撥動棋子，郁恬的眼睛睜大到極限。太極！正面是洛書，側面是太極？太極脫胎於洛書的傳說是真的？

佟道幽幽嘆息，說道：「上下兩面為洛書，正反而已。從左右兩側看過去，是陰陽太極；但是前後兩面的構造就搞不定了，書讀得還是少。」

郁恬閉嘴。罵誰呢？你讀書少？我的道藏讀到了哪裡？狗肚子裡？

郁恬蹲在地上，繞著立體的洛書太極，說道：「最初你擺出來的洛書，從側面看可以構成複雜的陣圖。雖然你不懂陣圖，但是為師有強烈的預感，洛書和陣法有極大的淵源。」

佟道笑瞇瞇。我不懂陣法，真不懂。

郁恬重新轉到太極圖的一面，說道：「正反兩面是陰陽魚，你要想到，陰陽兩儀互換，這就是太極的精髓……」

佟道霍然站起來。對！太極的陰陽魚旋轉不休，這才有了陰陽變化的玄機，這才有了太易的由來。

佟道轉到後面，郁恬的念力波動讓黑白棋子上下移動。正面俯瞰，依然是穩固的洛書圖案，棋子上下移動不影響正面的排列；但是從後面看，黑白棋子組成的陰陽魚在變化移動。太陽變少陰，少陰變老陰，老陰變少陽，少陽變太陽……

郁恬親自操刀，她的腦海中似乎有一根線繃斷了。郁恬拂袖放出飛劍，衝入臥房，旋即衝出洞府，繼續沖天而起，停在繚繞九宮峰的白雲邊，一聲清越的長嘯迸發。

白雲流碎，聲聞數十里。心情有些煩悶的沈舟走出閉關的洞府，就看到懸在半空的郁恬周圍風起雲湧。

郁恬走的是另一個路子，她從洛書宗的藏書閣發現了一本很生僻的假丹祕法，郁恬就貿然嘗試了一下。

輕鬆凝結假丹，終究不是正品。假丹如何變成金丹，太上長老們也給不出解答與方法。

金丹大道，唯有凝結金丹，才有資格說自己明悟大道，可以稱為「真人」。去偽存真，直指通天大道。

郁恬有淵源家學，有洛書宗長老的呵護，養成了目空一切的性子。前途大好的郁恬誤入歧途，有些人難免幸災樂禍。

這一刻郁恬分明找到了突破的契機，她真的從假丹冒牌貨變成了金丹真人。這是怎麼做到的？半個月前，郁恬還一臉鬱悶到處求教呢！

郁恬盤膝坐在半空，左手平托，右手屈臂指天說道：「今日，洛書宗，九宮峰主郁恬，正式步上金丹大道。我有妙悟，只對洛書宗有緣人闡述。」

十幾道劍光衝向四面八方，這是為郁恬護法。凝結金丹是大事，而且踏入金丹的大修會有自己的修行感悟講述給同門，這是洛書宗的慣例。

郁恬修煉假丹，導致走投無路；現在她正式步上金丹大道，那麼假丹的隱患解決，這足以成為洛書宗的一面金字招牌。

假丹有投機取巧的嫌疑，但是效果可觀，可以讓築基巔峰的弟子提前理解金丹大道的一部分玄機。

郁恬能夠把假丹變成真正的金丹，那就意味著洛書宗可以按圖索驥，大量培養金丹真人。

沈舟傳音，幾個閉關已久的太上長老從深沉的入定中醒來。不遇大事，不可驚動太上長老，這是鐵律。

元嬰期才有資格成為太上長老，而不是按照輩分說話。可以說每一個太上長老，全是洛書宗的定海神針。

郁恬的氣息不斷飆升，天上隱隱有陰雲匯聚。凝結金丹要有雷劫？那不是踏入元嬰境界的待遇嗎？難道假丹進化為真正的金丹，要遭遇雷劫才行？

沈舟喝道：「築基期連同以下的弟子速回各自洞府，不可外出。」

引發雷劫，這就不同尋常了，足以說明這種假丹祕法來頭大得不可思議，那就不能輕易外傳。

宗主帶著各分支的峰主還有金丹期的大修迅速趕赴九宮峰，郁恬這個丫頭剛收了徒弟，就喜事臨門？莫非佟道是個喜慶人？世俗中人迷信？錯！修道人才迷信。常人之間彼此吵架，說一句晦氣話，最多是老拳相向；但是你對一個修道人說他大道無門試試，會玩命的。

眼角餘光瞥見閉關的太上長老出現，郁恬這才放棄了壓制氣息。天上的陰雲翻滾，隱隱有雷聲激盪。

郁恬平探的左手上金光浮現，她低眉順眼的說道：「身為洛書宗弟子，忝為九宮峰主，本座因緣巧合，妙悟洛書太極大道，可以奠定我洛書宗千年底蘊，睥睨九州諸多宗門。」

沈舟險些打個趔趄。妳瘋了！這個時候扯什麼淡？妳說說關於妳的假丹祕法，妙悟洛書太極大道？妳懂什麼是洛書太極嗎？那需要精通五行術數，妳算數能力不行的。

中年美婦迷惑的目光看著幾個師弟、師妹。你們聽到了啥？

眾人的迷惑沒有持續多久，金光緩緩凝結為二十五顆金色圓球。郁恬指天的左手舒展，三十顆真元凝結的銀色圓球落下來。金、銀兩色的圓球組成了洛書的圖案，中規中矩，沒看出有啥玄機。

旋即在眾人的關注中，金、銀兩色的圓球開始左右移動，正面對著眾人的依然是洛書圖案；當郁恬左手翻轉，這個立體洛書圖案的另一個面對向眾人。頭皮發麻的眾人震驚的看著金、銀兩色的太極圖。

洛書太極，就這樣被郁恬直接呈現在眾多修士眼前。

洛書出太極，這是洛書宗篤定的說法。至於如何演化為太極，有太多的論述，沒一個真正得到認可。

郁恬放聲狂笑。洛書太極，你們看到了嗎？金丹天劫，你們看到了嗎？郁恬左手托著洛書太極，右手握著飛劍沖天而起。

陰雲中銀光閃爍，一道驚雷從天而降。沈舟喝道：「催動你們的真元，強行開啟衍天大陣，為九宮峰主護道。」

真正的衍天大陣早就毀了，至於為何毀了，洛書宗的老前輩也說不清，反正就是沒用了。

此刻驚才絕豔的郁恬妙演洛書太極，如同捅破了窗戶紙，讓洛書宗的大修直接看到為何洛書出太極。

現在必須力保郁恬，這是洛書宗千年不遇的天驕。踏入金丹大道的郁恬將會帶領洛書宗真正中興，因此不惜代價也要幫助郁恬抵禦天劫。

衍天大陣，需要十個峰主連袂啟動；人力組成的衍天大陣，同樣需要十個峰主主導。

一個拄著拐杖的老者說道：「我九宮峰後繼有人，我洛書宗中興在望。我來獨立主持九宮大陣，起陣！」

有沈舟開口在先，老者也就不客氣了。演化洛書太極祕法是九宮峰當代峰主，這還有什麼好說的？

老者拄著拐杖，來到九宮峰上。中年美婦等人各自帶著自己分支的大修，從天上俯瞰，可以看出明顯的十方大陣。

隨著沈舟一聲令下，十道光柱沖天而起，急遽衝向虛空，把郁恬籠罩在其中。劫雷滾落，郁恬張嘴吐出一顆淡金色的金丹。

沈舟的心要蹦出來了，妳怎麼把金丹吐出來抵禦天劫？妳瘋了！

淡金色的金丹上籠罩著一層光暈，悍然對著劫雷反擊過去。天崩地裂的轟鳴聲爆發，淡金色的金丹頓時黯淡無光，籠罩的光暈也消失了。郁恬猖狂大笑，飛劍向著第二道劫雷斬過去。

這個孤芳自賞，還頗為矯情的九宮峰主，在凝結金丹的時刻意外迎來了劫雷，剽悍得一塌糊塗，不是親眼見到，誰敢相信這是一個千嬌百媚的絕色佳人？

老者手中拐杖指向蒼穹，凝結金丹，明心見性。郁恬這丫頭以前的柔弱矯情全是偽裝，生猛剽悍才是她的真面目。很好！我輩修士，理當如此。

第二道雷劫，飛劍發出哀鳴掉落。郁恬左手托著洛書太極，對著餘勢未盡的劫雷拍過去。

驚雷狂暴，洛書太極崩塌。郁恬口吐鮮血，右手拍在自己的小腹，另一顆金丹被她吐出來。

第一顆應劫的是假丹？郁恬雙手各自握著一顆金丹，身體急遽旋轉，衣袂飛揚，飄然若仙。

郁恬體內的真元毫無保留釋放出來，當郁恬旋轉為一道白色的漩渦，一真一假兩顆金丹脫手，化作陰陽太極的兩個眼。

郁恬催動真元，吼道：「三十年讀洛書，一朝演化太極。半甲方可入道，剎那綻放芳華！」

第三道劫雷凶猛滾落，十根光柱組成的衍天大陣收斂，如同穹頂，籠罩在郁恬的頭頂。

坐在洞府門口的佟道仰頭望天。師父姊姊囂張了呢！入門三十年就凝結金丹，算是天才吧？好像應該算……

真假兩顆金丹融入衍天大陣，讓整個衍天大陣化作巨大的洛書太極。

第三道劫雷來勢最凶猛，卻是被洛書宗的大修們集體承受。

三道劫雷過後，風輕雲淡，陰雲隨著第三道雷聲直接消散，彷彿從來沒有出現過。

一真一假兩顆金丹環繞著郁恬俯衝下來，受損的飛劍伴著郁恬飛行。郁恬落在低空，對著周圍拱手行禮。

中年美婦欠身說道：「小師妹演化通天大道，洛書宗將會因此重振聲威。現在起，郁恬師妹直接晉升為長老，同時兼任九宮峰主。不按照常規峰主待遇，參照太上長老的福利。」

郁恬矜持頷首。這份福利必須有，我就不客氣了，這份福利我不需要，我開山大弟子還需要呢！

郁恬落在洞府門口，佟道奮力鼓掌，說道：「恭喜姊姊！」

郁恬頓時笑靨如花，在佟道臉上狠狠扭了一把，說道：「等著為師出關，短則半旬，長則半月，不許離開九宮峰，否則嚴懲！」

第七章

人間煙火

即將走進洞府大門，郁恬停步回身，說道：「本座的弟子昨夜開始修行，不適合受到驚擾。諸位有什麼疑問，等待郁恬出關詳談。」

防人之心不可無，尤其是需要提防沈舟這個老不羞的太上長老。昨天他傳音說的是什麼啊！聽了髒耳朵。

長老兼九宮峰主，待遇堪比太上長老，那是因為郁恬只有金丹期。這樣的中興大老發話，顯然是不想讓人進入九宮峰。

沈舟牙疼。這丫頭，不知好歹！再說眾目睽睽之下，妳扭自己徒弟的臉蛋，你們看上去年齡相當，這樣做真的好嗎？

拄著拐杖的老者來到沈舟身邊，說道：「昨日你出動，似乎有事。」

老者閉關的時候，只能隱約感知到外界的動向，細節不得而知。沒有感知到危險，也沒有宗門的報警，老者不想動。

沈舟斟酌著詞語，說道：「主要是九宮峰，您看看洞府門口的老茶樹。」

老者渾濁的眸子看著老茶樹，說道：「這丫頭把老茶樹挪到洞府門口，倒也雅致。」

沈舟不語。老糊塗了不是？

老者微微停頓，說道：「我來到九宮峰的時候，老茶樹就是這個樣子。數百年不變。」

沈舟說道：「成妖了，昨天被郁恬和她的開山大弟子追著跑。無奈之下被遷徙到洞府門口，成為看守洞府的靈樹。」

老者打個激靈，眼中的渾濁直接消退，那雙森寒的眸子盯著老茶樹，說道：「燈下黑，此妖竟然如此隱忍。」

沈舟說道：「師叔。看走眼的不是您一個。那個叫作『佟道』的小子，發現老茶樹的枝幹形成了天然的符文，才察覺到破綻。」

老者再次仔細看了一眼。那小子？原來不是女孩子。這扮相，比郁恬那丫頭還明媚三分。

老者露出緬懷的笑容，我九宮峰只收俊男美女，這個風格倒是堅持了下來。

沈舟輕聲說道：「九宮峰只有郁恬和這小子，您看是不是不太適合？」

挺好，看著就順眼。

老者審視著沈舟，說道：「你想改換門庭，搬進去住？」

沈舟錯愕，老者果斷否決道：「你年輕的時候容貌就不行，會妨礙了九宮峰的靈氣。」

沈舟氣到不想說話，老者說道：「就是你們這種容貌上不得臺面的傢伙廢話多，照你這麼想，洛書宗就不應該同時招收男女弟子。覺得我九宮峰一脈人材風流，看著礙眼了？想法齷齪！我看很好，賞心悅目，這樣好看的孩子，才有資格生活在九宮峰。」

沈舟轉身就走。我也是太上長老，別看我比你矮了一輩，這證明我容貌雖然略輸一籌，修行的天賦卻完勝你。

老者說道：「走什麼？洛書太極，此等關節，讓我洛書宗無數前輩一輩子皓首窮經，現在必須藉此良機，推倒那些沒用的典籍，重新梳理道統。」

郁恬有言在先，老者身為九宮峰的老前輩，他第一個帶頭遵守約定。飛過九宮峰附近，老者揚手把一條手串丟向佟道，說道：「俊男美女，才是九宮峰的風格，好好伺候你美人師父。」

佟道抓住手串，露出雪白的牙齒，豎起大拇指。

沈舟益發惱怒。有你這樣的長輩，洛書宗的風氣能好起來才怪！

郁恬沒有演化洛書太極本源圖之前，洛書宗一代代的大修冥思苦想，用各種方法論證——太極出自洛書。

這並不可笑，這涉及到了對道的理解。畢竟現在所有的大道都是依託太極，之後衍生出陰陽五行，因此才有一陰一陽謂之道，偏陰偏陽是之疾。洛書宗自命不凡，偏偏沒人認可洛書出太極的說法，這就令人悲哀了。

洛書出太極，這就證明洛書宗才是大道正統、是祖庭，洛書宗的典籍才是真正的圭臬。

但是後世洛書宗大修挖空心思，自創了許多闡述洛書的祕法。現在看來，緣木求魚，捨本逐末，他們根本就不懂洛書太極的真諦。

看過立體的洛書轉化太極，太上長老們的觸動最大。他們一輩子全部在研究如何更進一步，只是元嬰期似乎就是他們此生的天花板。

洛書太極出現，等於打開了大道之門，必須趁著這個良機，徹底梳理洛書宗的道統，把那些誤人子弟的雜學淘汰出去。

正本清源，徹底理順洛書宗的傳承，並藉此集合諸多大修的智慧，演化出真正的洛書太極大道，說不得就能夠讓某個太上長老踏入化神期的大門。有強者坐鎮、有靈氣充盈的宗門、有完整的道統，洛書宗何愁不會中興？

九宮峰冷落下來，郁恬閉關鞏固境界，佟道找了一把鏽蝕的長劍。焖爐還是得挖出來，涉及到未來能不能烹飪美食的大事。

人生在世，唯有吃字不可辜負。「民以食為天」，這一句話就闡述了真理。如果老百姓不會餓肚子，還會縱容官府盤剝？

鏽蝕的長劍材質也不錯，挖坑相當輕鬆。佟道幹活賣力，畢竟吃貨的主力是自己，還沒有下人幫忙，那就賣力幹活唄！

一人多深的圓坑，底部和周圍用石頭拼起來，用黃泥塗抹，這樣燒乾之後就會很結實。

早餐沒吃到，午餐烤一堆栗子填飽肚子。

太陽西斜的時候，蒙夢駕馭飛劍出現。看到雙手滿是泥巴的佟道坐在坑邊仔細審視工作成果，蒙夢小聲問道：「小師叔在閉關？」

佟道說道：「十天到半個月的閉關期，妳別理她，小心眼一個。」

蒙夢淺笑說道：「可別亂說，小師叔聽到了，不會饒過你。」

佟道「嗟」了一聲，說道：「有吃的沒有？」

蒙夢說道：「我過來就是想問小師叔和你晚上想吃什麼。今天小師叔凝結金丹，宗門轟動，導致我抽不出身過來。」

佟道說道：「餓慘了，能吃下一頭牛。」

蒙夢從寬大的袖子裡掏出一個油紙包，醬牛肉的香氣溢出來。佟道把髒手在雪白的道袍上蹭了蹭，道袍自帶滌塵陣法，不擔心弄髒了。

佟道打開油紙包，裡面是一大塊醬牛肉。佟道狼吞虎嚥，說道：「明天給我弄一些黃豆，我打算磨豆漿。」

蒙夢說道：「有石磨？」

佟道說道：「美人師父醒來，讓她做一個。」

蒙夢擔憂的看了佟道一眼。你別讓小師叔打個半死，唯有你敢說這種話，換個人試試？

佟道繼續說道：「方便的話，姊姊幫我弄個青銅鼎，燉煮的時候，鼎很好用。我和妳講，燉煮的時候，鍋壁越厚越好，升溫慢，但是降溫也慢。熄火了，依靠餘溫也能煲出很軟糯的食材。」

蒙夢真心不懂廚藝還有這麼多說法，她毫不猶豫說道：「明天給你帶來，然後呢？」

佟道說道：「砧板、菜刀、剔骨刀……這些全需要。居家過日子，缺少哪一樣也不行。」

蒙夢有些崩潰。九宮峰的風景秀美，你卻打算在這裡弄得滿是人間煙火氣？蒙夢吁口氣，說道：「一次說全了。」

佟道說道：「茶具也要有，紫砂材質最好，沒有的話陶壺也行。」

蒙夢瞥了一眼移植到洞府門口的老茶樹，說道：「咱們洛書宗的茶樹，出產的茶葉多少有些苦澀，味道不是很好。」

佟道舔去嘴角的碎肉，說道：「春天到來的時候，我請妳喝茶。必須好喝，否則砍樹。」

老茶樹明顯哆嗦一下，彷彿是秋風吹過的樣子。

蒙夢笑道：「好啊！等著你的明前茶。小師叔閉關，我就不久留了。」

足足三斤醬牛肉，吃了有些口渴。佟道提著水壺來到山泉處，接了一壺凜冽的泉水，灌了個水飽。

提著水壺，沿著雜草叢生的山路向上爬，回頭估算那個刻著符文的巨石位置，佟道仰頭，默默計算天上星辰的方位。

洛書宗真的是後繼無人了，這麼強大的衍天大陣，硬生生毀了。衍天大陣，對應天上星辰，否則哪有資格稱為「衍天大陣」？

不懂得天上星辰每隔七百二十年必然變動一個小小的星位，尋常人肯定沒辦法確定星辰移位，但修道人不能不懂。哪怕是每隔三百六十年根據星辰移位變換一次陣眼，也不至於讓衍天大陣徹底崩潰。

這不行，佟道還打算在這裡廝混呢！沒有防護大陣，就沒有安全感。這就如同農家沒有籬笆，大戶人家沒有院牆一樣。

這事不容易操作，不想暴露陣法方面的才華，美人師父顯然也不是什麼陣法名家。找誰出頭能搞定此事？

佟道憂心忡忡。出名？二愣子才想著出名。出頭的椽子先爛，爛了一次的佟道堅決不做傻事。

符文不語，厚在其中，沈舟這個老頭子或許可以利用一下。佟道摘了一個野果子，呸！看著紅彤彤、圓滾滾，聞著清香，入口酸澀，果子中也有騙子。

佟道把手中咬了一口的野果丟向遠方，走了幾步又返回來。不好吃，不代表不能釀酒，果子酒，味道不會比葡萄酒遜色。

這個可以搞一搞，正好是碩果累累的時節，錯過了這個季節，再想釀酒，就得等待明年了。

第二天，蒙夢用一個法寶囊帶著佟道需要的物品到來，眼神有些不一樣。

昨天小師叔渡劫，金丹期渡劫，本來就讓人迷惑。只是築基期以下的弟子，必須進入洞府中，故不知道郁恬真正渡劫的原因是她領悟了洛書太極祕法，直指修行大道。

身為新生代弟子的大師姊，昨晚蒙夢有資格聆聽長輩們討論，這才明白小師叔一鳴驚人，儼然是洛書宗的中興祖師。

小師弟真是好福氣，入門就成為金丹真人的弟子，而且是前途無量的金丹真人的唯一弟子。今後小師弟在洛書宗可以橫著走了，有這麼一個護短的師父，誰敢欺負他？

來到了九宮峰的洞府門口，看到佟道正在用一口大鍋清洗野果子。這種名為

「楂梨」的野果聞著清香，誰吃誰上當。

地面的石頭上擺放著更多清洗過的楂梨，足有數百斤重。蒙夢落在鍋邊，說道：「小師弟，你身上有傷，不應該勞碌。」

佟道抹去汗水，說道：「好多了，準備釀酒，最多兩個月就能搞定，到時候請妳吃……哎！姊姊，幫我弄一口大缸唄！我想漬酸菜。」

蒙夢大驚失色。你是徹底瘋了，漬酸菜？你知道那味道有多恐怖？風光秀美的九宮峰，弄得滿是酸臭味，你受得了？

佟道說道：「到時候請妳吃汆鍋底，冬天吃這個，絕了！」

蒙夢低聲說道：「小師叔會發瘋的。」

佟道說道：「那我找個山洞漬酸菜，這就沒問題了。釀酒也順便在那裡，一舉兩得。」

蒙夢說道：「下次你喊我『大師姊』就好，『姊姊』這種稱呼太隨便。」

佟道說道：「從我記事開始，看到年輕的女孩子就叫『姊姊』，習慣了。」

洞府中傳來咳嗽聲，不是嗆到了，也不是受了風寒，而是郁恬正豎著耳朵聽，督促蒙夢完事趕緊走。

蒙夢踏上飛劍，佟道叮囑道：「別忘了大缸，若有圓白菜，幫我弄一些。」

蒙夢還沒飛遠，就聽到郁恬說道：「佟道，你給我進來！」

蒙夢偷偷撇嘴，佟道歡快說道：「來啦！姊姊，啥事？」

果然對他師父也是一口一個「姊姊」，蒙夢淺笑迅速飛遠。大缸？下山去買一口吧！順便買些圓白菜。

佟道腳步輕盈的來到郁恬閉關的臥房門口，說道：「來啦！」

郁恬說道：「昨夜你為何沒有修行？」

佟道靠著門框，說道：「前晚試了一下，不太難，我感覺這種事情一口不能吃成胖子，那就得慢慢來。先得讓自己沒有後顧之憂，譬如說漬酸菜、鑿焖爐、釀果酒，這都等不起，時間不等人。」

郁恬險些道心不穩。孰輕孰重，你拎不清？這種瑣碎事，安排其他山頭的弟子去做就行，還至於親力親為？

郁恬說道：「為師沒辦法分心管太多，你給我消停些。宗門風氣不正，許多弟子不規矩，你離他們遠一些，免得妨礙修行。今天開始，子、午兩遍功課不能延誤，記住？」

佟道說道：「記住了，姊姊，妳有兩個金丹，算不算是雙黃蛋？」

也就是佟道不在面前，否則一拳搥他個生活不能自理。前有引蛋的鬼扯，今天給我扯什麼雙黃蛋，你是沒挨過毒打啊？

郁恬暗自磨牙，佟道樂不可支，說道：「兩個金丹挺好玩的，一個鑲嵌洛書，一個鑲嵌八卦。到時候用金丹砸人，防得住洛書，防不住太極，防不勝防啊！」

說者無心，聽者有意。佟道構建了立體的洛書，郁恬已經足夠震驚；當洛書化太極，郁恬已經懷疑佟道這個開山大弟子開啟了宿慧。

「宿慧」是修道人的說法，也就是前世身為大修，轉世之後重新修行，能夠直接記起前世的修行心得，這絕對是妥妥天之驕子的範本。

現在佟道純屬取樂，鬼扯一個金丹鑲嵌洛書，一個金丹鑲嵌太極，郁恬卻覺得豁然開朗。這說法可行啊！

本體金丹為內丹，推演洛書妙理；假丹為外丹，觀摩太極大道。這兩顆金丹天然契合陰陽表裡，越想越是有道理。

洛書宗的大殿中，數十個修道人吵成一團。藏書閣裡面的各種道藏，有的是外界搜羅而來，大部分是各大分支前輩的心血結晶。現在要推翻那些立意不對的祕法，這不是否定了自家前輩的畢生心血？

要刪除可以，把其他分支前輩的心法也梳理一遍，按照彼此平等的數量淘汰。

蒙夢下山採購完畢，悄然進入大殿，站在角落聆聽。

沈舟聽得心煩，一個個自私自利。你們分支的前輩留下的祕法真有用還行，已經確定思路走偏，還得敝帚自珍？一群蠢貨！怪不得洛書宗江河日下。

沈舟來到蒙夢面前，說道：「去過九宮峰了？」

蒙夢欠身說道：「是，小師弟正在忙著過日子，頗有勤儉持家的感覺。」

沈舟露出笑容，說道：「那小子廚藝相當可以，若是郁恬肯把佟道交給我，必然大有前途。」

蒙夢不知道沈舟想挖牆腳，導致憤怒的郁恬踹翻鍋的事情。聽到太上長老如此看好佟道，蒙夢吁口氣，說道：「小師弟一看就是靈秀的孩子，否則小師叔也不會如此看好。

弟子方才下山採購，聽兩個途經的修道人說起幾天前圍剿天風神君的事情，隱約說起最近兩年聲名鵲起的天童子死得離奇，彷彿是遭有心人謀害。」

沈舟幸災樂禍，說道：「天童子求名，這樣的『天才』，殞落的機率太大。天資聰穎，讓老前輩們如何想？一宗之內還有個羨慕嫉妒恨，更不要說外人。妳看看在場的修士，哪一個不是修行數十上百年，乃至幾百年？郁恬演化洛書太極大道，他們卻捧著自己前輩的破爛不放。」

在場除了蒙夢，就沒有金丹以下的修士。沈舟肆無忌憚開噴，頓時大殿中鴉雀無聲。

宗主說道：「沈舟師叔，洛書宗是無數前輩嘔心瀝血，艱難打造出來的傳世宗門，他們礙於眼界，沒有辦法明悟洛書真諦，也不是您嘲諷的理由。」

沈舟說道：「嘲諷？我這也叫嘲諷？你們若是喜歡吵，隨便。我想問，誰願意直指大道，從洛書太極開始，打造一套真正的洛書宗傳世寶典？願意吵的人別參與，我聽不得你們雞同鴨講，也看不慣你們為了所謂的前輩尊嚴而糾纏不清。」

沈舟響亮拂袖，發出啪的一聲炸響，說道：「我現在就去九宮峰，誰願意與我同行論道？記住，到了九宮峰，誰敢拿著先輩創立的道藏說事，我直接大嘴巴抽過去。」

吵了兩天，沈舟的耐心耗盡。拄著拐杖的老者說道：「郁恬那丫頭不歡迎大家。」

沈舟說道：「主要是擔心我拐走她徒弟，我現在想通了，各有各命，我不收徒弟，就是單純依託洛書太極論道。默語師叔，一起？」

老者頓了頓拐杖，說道：「一起，愛吵架的幾個，你們別去，簡直就是一群潑婦。」

吵得最凶的是幾個女修，金丹真人依然有自己的偏見。有的是師恩深重，她們不能容忍自己師父的著作被淘汰出藏書閣，因此打著為自家分支老祖討公道的名義，變相給自己的師父維繫臉面。

潑婦——這是把宗主也罵在其中。宗主臉色陰沉，看著太上長老和同門師弟妹走出大殿。

蒙夢沒有離開，長輩們去九宮峰論道，沒說蒙夢也能跟著前往，蒙夢覺得還是留下來陪伴宗主師伯和其他幾個師叔比較好。

宗主看著空蕩蕩的大殿，目光掃過幾個方才還吵得面紅耳赤的師妹，說道：「小夢夢，妳也認為宗主師伯做錯了？」

蒙夢斟酌著詞語，說道：「關係到各峰的臉面，該爭自然要爭，長輩也不能不讓晚輩說話不是？只是的確有些吵嚷，太上長老們心急理順道統，自然心情煩躁。

不管怎麼說，您是宗主，是咱們洛書宗的一家之主。前輩們整合出洛書太極大道的各種道法，也不會落下幾位師伯、師叔。」

宗主說道：「妳是個明事理的孩子，大師姊的身分當之無愧。妳去九宮峰吧？」

蒙夢低頭轉眼珠，說道：「弟子在九宮峰有些礙眼，小師叔不喜歡我常去。今天午後，閉關的小師叔咳嗽，變相把我攆走。」

蒙夢心中抱歉：小師叔，對不住了，這個時候我需要和宗主站在同一戰線。身為洛書宗的新生代大師姊，必須和宗主保持良好關係。

宗主的眼神頓時異樣，熱切說道：「不應該啊！妳可是佟道的救命恩人，一路護送回到宗門，沒有功勞也有苦勞。」

郁靜說道：「宗主師姊說得對，小師妹這樣做便值得玩味了。」

意味深長的笑聲響起，這明顯不對勁啊！郁恬這個做師父的，竟然不讓自家徒弟和救命恩人來往？

幾個方才彼此之間還吵得不可開交的金丹女修把蒙夢圍在中間，八卦之火熊熊燃燒。小夢夢得詳細說說，具體遭到了什麼樣的冷遇？

郁恬開啟洛書太極，那也不能如此囂張跋扈。這裡是洛書宗，是講道理的地方。郁恬一副生人勿近的清冷樣子，誰能想到她如此護食？難道說郁恬想要吃獨食？這可太好玩了！

第八章

不求上進

蒙夢猶豫，宗主催促道：「痛快說，怎麼如此不爽快？」

蒙夢說道：「宗主師叔，您記得小師叔有兩套真絲道袍嗎？全部是男式的右衽，而不是坤修的左衽。」

幾個金丹真人湊得更近，越聽越有味道了。

蒙夢說道：「小師弟穿著小師叔的真絲月白道袍，看著彷彿一對男扮女裝的姊妹花。」

一連串吸氣聲不約而同的響起。郁恬這麼矯情的女子，竟然把自己備用的道袍賞給佟道？

蒙夢說道：「或許今天宗主師叔沒看到小師弟，他額頭戴著一條金色頭鍊，頭鍊正中鑲嵌著一顆閃耀星火的紅色寶石，頗為雌雄難辨。」

郁靜嘖嘖連聲說道：「還是小師妹會玩，玩得花啊！」

宗主一臉鄙夷表情，點頭說道：「這是公然的魚目混珠，為的是混淆視聽，要看透其中的玄機。」

一眾女修目光灼灼，風氣嚴重不正的洛書宗，出了郁恬這種孤芳自賞的小妖精，早就讓師姊們看不順眼了。

郁恬解析洛書太極，注定了是未來的大老，不妨礙同門師姊背地裡嚼舌根。越是強者的八卦，越吸引人，這是顛撲不破的至理。

宗主果斷說道：「小萝萝，妳去九宮峰，必須察言觀色，看看能不能聽到什麼不一樣的消息。」

蒙夢說道：「我連洞府大門也沒進去過。再說我這實力，不可能隔著洞府聽到什麼。」

宗主說道：「察言觀色，妳懂吧？我和妳講，禁受過雨露滋養的女人，會流露出萬種風情，瞞不住的。」

郁靜說道：「走路的姿態也能看出來，丰姿搖曳，這就是妥妥的開花了。」

宗主下意識看了郁靜一眼。妳也是黃花大閨女，怎麼妳很精通這方面的樣子？

郁靜坦然說道：「我修煉過一門瞳術，習慣了觀察入微。」

有一個金丹女修頓時不自在起來，郁靜說道：「相當好用。」

宗主說道：「能看出多少祕密？」

郁靜說道：「窺視真陰真陽是否流瀉，所以誰是貞潔烈女，都瞞不過我的無雙法眼。」

蒙夢有些難堪。師叔伯們，妳們談的話題是不是太勁爆了？我聽不得這個。

宗主果斷說道：「去，現在就去。給老東西們端茶遞水，也是妳露臉的機會。」

蒙夢低頭快走，關閉大殿房門時，聽到一個名為「郁節」的金丹女修說道

「賭一局？看看小師妹什麼時候花開富貴。」

然後就聽到宗主熱切說道：「我賭三個月內。」

房門關閉，再也聽不到汙言穢語了。和坤修接觸多了，蒙夢發現女人比男人私下裡的話題更加奔放；當然，也有可能是男子在蒙夢面前比較矜持的緣故。

——

一大群金丹打底的大修來到九宮峰，佟道也不敢阻攔啊！剛剛練氣，沒正式入門弟子，敢把這群大老攆出去？

沈舟熟稔的來到燜坑邊，蹲在邊上向下望，說道：「就這？」

佟道說道：「相當好用。」

沈舟指著郁南，說道：「你去，捉兩頭野羊，要膘肥體壯的那種。別捉帶著小羊的母羊，貪嘴歸貪嘴，不能做這種缺德事。」

郁南身為一峰之主，卻被沈舟指揮去捉羊，郁南憋悶飛走。

沈舟說道：「栗子燉雞還有沒有？」

佟道說道：「有山雞，就有栗子燉雞。」

沈舟指著一個儒雅中年男子，說道：「郁秀，你去捉山雞，三隻，少了不夠吃。五隻，三隻燉著吃、兩隻烤著吃。那個……郁湘，你去挖一些紅薯。」

七個太上長老，只有沈舟經常出來行走，過問宗門的事務，這個「經常出來」，指的是幾年出關一次；其他的六個太上長老，全部是多年閉關，不問世事。

踏入元嬰期，才有資格成為太上長老，金丹大修只能是普通的宗門長老。

沈舟把眾多峰主和宗門長老指派出去，甚至伐薪燒炭的任務也有人解決。佟道只負責主廚，算是一個肥差。

蒙夢趕過來的時候，左手拎著一口缸，右手抓著袋子，麻袋裡面裝著漬酸菜用的圓白菜。蒙夢說道：「小師弟，在哪裡漬酸菜？」

府。」

默語看了一眼沈舟。在九宮峰漬酸菜？誰給這小子如此大的膽量？

沈舟傳音說道：「廚藝相當好，得過名廚的真傳。」

默語想了想，放出一柄飛劍，說道：「去後山的山腳，那裡有一座天然洞府。」

佟道也不客氣，抱起裝著楂梨的大盆，坐在默語的飛劍上，與蒙夢飛向後山。

佟道離開，郁恬帶著怒火的聲音從洞府傳出來，說道：「我需要鞏固金丹，順便把洛書太極融入兩顆金丹中。老前輩們把我這裡當作菜市場了？」

默語說道：「洛書太極融入金丹，如何做到？」

郁恬說道：「真假金丹，分別融入洛書真形與太極精義。洛書五十五個節點，可以對應我學過的諸多道法，因此這一次閉關的時間會長一些，我需要組合不同的道法，構建出完整的金丹大道。假丹為外丹，融入太極，與金丹組成的內丹相互呼應，組成更多的陰陽太極互為表裡。」

諸多大修肅穆聽著。高明！不愧是解析洛書太極的天驕。凝結金丹就明確了大道，未來洛書宗振興指日可待。

默語說道：「我與諸多太上長老、宗門長老和峰主會聚在此，為的是探討完善洛書宗的道法傳承。一切依據洛書太極進行，正本清源，為日後洛書宗的真正崛起做準備。」

郁恬說道：「九宮峰也是宗門的一分子，有言在先：首先，不要試圖拐走我的徒弟；其次，我不希望聽到誰嚼舌根；第三，我的徒弟我自己培養，長輩們別越俎代庖。」

沈舟說道：「符籙不算在內吧！我覺得那孩子很喜歡符籙。」

郁恬說道：「那必須有默語太上長老在一旁監督，免得您使出什麼見不得人的手段。」

沈舟咳嗽一聲。默語說道：「我來監督。只是妳未來肩負的擔子極重，真的還有閒心教導弟子？」

郁恬說道：「我自己的修行可以停頓，佟道的修行也不能落下。忘了告訴太上長老，佟道已經開始修行。」

剛剛進入洛書宗，就能開始修行？郁恬正式凝結金丹，並因為解析洛書太極而引發天劫，導致沈舟也沒心思仔細觀察佟道是否已經練氣入門。

現在看來，佟道的天賦極佳，郁恬稍加指點就能練氣入門。雖然十四歲的年齡稍大了一些，不過沒關係，郁恬的開山大弟子，必然是洛書宗的寵兒，資源不是問題。

默語的飛劍載著佟道來到後山一座山洞，這座山洞有木門，可以防止野獸進去。

好地方！地面不潮溼，門口還有一塊凸起的石頭擋風，再加上木門隔絕，天然的好倉庫。

蒙夢把大缸和圓白菜放下，說道：「還有什麼是我能做的？」

佟道咧嘴樂道：「想要釀果子酒，還得一口大缸。而且漬酸菜需要燒開水，活兒挺多的。」

飛劍上傳來默語的聲音，說道：「有人打下手，很快。」

飛劍倏然消失，免了一趟苦差事的蒙夢拍拍胸口。

佟道說道：「有回音。」

蒙夢不解的看著佟道，佟道說道：「胸懷廣闊，擂之有聲。」

蒙夢第一次聽到有人敢在自己面前說葷話，又好氣、又好笑。

佟道從袖子裡掏出一把菜刀，說道：「不好的葉子得切下去，這是個細緻活，姊姊稍後幫我燒水就行。」

猶如俗世貴公子，真絲道袍雪白，額頭頭鍊上赤紅色的寶石不斷流散出點點星火，手腕上那串剛獲得的手串隱隱有雷光閃爍。就是這樣一個猶如畫中人的翩翩美少年，手持菜刀修理圓白菜，怎麼看怎麼讓人不忍心。

蒙夢索性用自己的飛劍幫忙切削圓白菜，只留下最鮮嫩的菜梗、菜葉，並按照佟道的吩咐擺放在缸中。

一刻鐘的時間，兩個金丹大修各自提著兩口大缸，把四口大缸放入山洞。他們來到外面開始生火，很快便把鐵桶中的沸水澆入裝著圓白菜的大缸中。

九宮峰的開山大弟子指揮，洛書宗的大師姊打下手，兩個金丹大修幫著打雜，這一缸看似尋常的酸菜身價倍增。

使用牛皮紙仔細封口，這一缸酸菜就算是漬好了，剩下的就是慢慢發酵。當圓白菜變成酸菜，至少也是一個多月後的事情。

釀造果子酒相對簡單，清洗乾淨的楂梨捏碎。這種酸澀的果子不好吃，偏偏味道不俗。捏碎的楂梨裡面加入新鮮的蜂蜜，之後同樣密封，和漬酸菜差不多的步驟，同樣需要時間來發酵。

大缸多了一些，那就可以多採集一些楂梨。佟道估計洛書宗的窮鬼長輩沒喝過真正的好酒，釀造少了肯定不夠喝，狼多肉少，顯而易見。

今天繼續摘果子不實際，且沈舟已經安排人捕獵，接下來便是燜爐大顯身手的時候。

能不能改變洛書宗的飲食結構，就看這一次燜烤是否成功。佟道對於做廚子的興致遠大於修行。修行嘛！隨隨便便努力一下就行，佟道從來不覺得修行有多難。

七個太上長老、七個峰主，加上三十幾個金丹真人，這是相當不俗的底蘊。對於祖上曾經闊過的洛書宗來說卻不夠，千年前洛書宗鼎盛時期，化神期的神君就有八個之多。

宗主和郁靜這個峰主與另外幾個坤修留在大殿嚼舌根，來到九宮峰的大修們終於不再爭吵。

藏書閣的事情以後再說，現在必須梳理脈絡，結合每個修士對於洛書太極的理解，闡述真正的大道。

修道、修道，必須先明白大道。郁恬公然展示的洛書太極，屬於顛覆性的突破，奠定了為何洛書出太極的大道玄機，才有了未來的無限可能。

洛書為何生太極，這是洛書宗的不傳之祕，包括築基期以下的弟子都沒資格知曉，這可是洛書宗前所未有的巨大突破。

沒有看到郁恬演示之前，洛書出太極只是猜想，依靠五行術數來推演，推論的結果不能讓人信服，牽強之處頗多；現在有了直接的理解，之後再依靠術數推演，那就是水到渠成的事情。

佟道和蒙夢回到洞府前，兩頭肥羊已經剝皮去內臟，幾隻山雞也是如此，就等著佟道主廚。

蒙夢是洛書宗新生代的大師姊，也就是未來的宗主；佟道則是郁恬的開山大弟子，怎麼說也不算是外人。大修們討論道法，沒有對他們兩個隱瞞。

蒙夢把木炭放入燜坑底部點燃，佟道則是把香料鹽巴調成糊狀，仔細塗抹在兩隻肥羊身上；至於山雞，不需要外加調料，烤熟之後蘸著細鹽末就很香。

處置好的肥羊和山雞掛在只留下紅色炭火的燜坑中，還掛上了幾顆紅薯，接著是十幾張麵餅。之後把木頭蓋子扣在燜坑上，用泥漿封口，不讓熱氣漏出來。

看著手法平常無奇，這樣烹飪的食物也能好吃？沈舟有些心不在焉，還是栗子燉雞的口味好。

默語說道：「沈舟師姪，你分心了。」

沈舟咳嗽一聲，說道：「在想一些事情。洛書太極之事，不可能徹底隱瞞，必須想個辦法，用術數推演來證明確實可行。同時我洛書宗的弟子可以從小就打下洛書出太極的印記，為了日後踏上大道做準備。」

默語說道：「這是後話，樂觀估計，百年之內，能夠依託洛書太極，推演出通天大道，那就是宗門之幸。」

郁南湊過來，拱手說道：「郁恬小師妹天資橫溢，或許她能夠牽頭，真正引領洛書宗的道統走上正軌。」

咚咚咚的劈砍聲響起，佟道揮舞菜刀，把另外三隻山雞在砧板上剁成小塊，稍後就得準備栗子燉雞了。

沈舟說道：「郁恬的天資不必說，只是她有雙金丹，走出了她自己的特殊大道，不具備普及性。我等太上長老牽頭，為的是開闢最契合宗門強者的道法傳承。譬如佟道劈砍的山雞，可以用來做栗子燉雞，可以用來燜烤；至於味道究竟如何，得品嘗了才知道。」

嘗過了佟道的廚藝，沈舟心心念念。很平常的食材，被佟道燉得那叫一個入味。

默語剛剛頷首，旋即眉頭皺起。談論大道呢！你扯到了吃的方面。當年你就是一個饞嘴的貨色，成為元嬰真君也陋習不改。

沈舟捋著鬍鬚，說道：「物無非彼，物無非是。自彼則不見，自是則知之。這山雞有多種烹飪方法，對於山雞而言，呃……換個角度……嗯！還是繞不過去。

譬如說佟道的山雞有兩種烹飪方法，郁恬的雙金丹各自融合洛書與太極，這是兩雞兩吃；我們沒有雙金丹，甚至都凝結了元嬰，那就選擇一個吃法，一雞一吃，吃個明白、吃個通透。」

默語最初眉頭緊鎖，沈舟越說越是興奮，他體內恐怖的靈壓迸發，渾然不覺的沈舟禹步慢行，按照八卦的方位行走，越說越是對味道，這感覺有了！

漸入佳境的沈舟越走越快，眼神空洞，喃喃自語道：「佟道這個燜爐差了一點意思，若是內部構造為八卦圖，外圓內方，那就契合大道了。我身如燜爐，元嬰就是烤雞，藉助丹火炙烤，取其精華，去其糟粕……我操！化神的瓶頸找到了。」

沈舟外溢的念力和真元驟然化作長短不同的特殊爻，隨著沈舟回過神，一個巨大的八卦環繞著沈舟。

沈舟淩空盤膝坐下，左手指地，右手指天，說道：「洛書而太極，八卦蘊兩儀。久困元嬰境，化神已可期。」

沈舟就這樣直接在半空入定。身為沈字輩唯一的太上長老，沈舟比默語他們晚了一輩，卻第一個觸摸到化神的門檻。

沈舟周圍八卦變化，乾卦第一爻的陽爻變成了兩根短的陰爻，毗鄰的巽卦則是最上面的陽爻化作陰爻，成為坎卦……八卦的陰陽爻變換中，八卦圖形行雲流水般產生輪轉的幻覺。

沈舟體內的三昧真火燃燒，在焠鍊他的元嬰，向著化神期進軍。

洛書宗的喜事接踵而來，郁恬這個九宮峰主妙悟洛書太極的大道本源，更是在凝結金丹的時候迎來了天劫。

天劫為劫，也為運，渡過了就是運，渡不過就是劫。金丹期承受天劫，金丹必然更加純淨剔透，也為日後碎丹成嬰做好預習。

現在沈舟看著佟道的燜爐悟道，說出來有些上不得臺面。但是化神可期，洛書宗終於能夠誕生一個神君了。

老天垂憐，洛書宗上百年沒有神君坐鎮，心中的悽惶有誰能知？偌大的洛書宗，一千多年的傳承，眼看著日暮西山，現在否極泰來了。

默語嘴脣顫抖。還講不講天理了？一個吃貨，看著徒孫輩的燜爐，也能領悟到化神的契機，你讓苦修的前輩們情何以堪？情何以堪哪！

負責剝栗子的蒙夢張口結舌，沈舟太上長老要衝擊化神期了！看到郁恬小師叔的兩雞兩吃，從而專注一雞一吃，這是什麼道理？蒙夢似乎聽懂了，又彷彿沒聽懂。說的應該是專注洛書或者太極的某一項，但是具體是如何感悟的，這隻言片語的感悟，讓人撓心撓肺般難受。

蒙夢還只是築基期，感悟不是那麼強烈；那幾個太上長老卻如同熱鍋上的螞蟻，貌似鎮定，實則心中已經火燒眉毛。

沈舟這個王八蛋！你入定前倒是說個明白啊！你是如何迅速從洛書跳到了太極，並且感悟先天八卦圖？

吃貨還有理了？因為美食近在眼前，你就藉此感悟大道？上哪兒說理去？苦修還有意義嗎？

切塊的山雞瀝水，控乾水分就可以下鍋開炒。沈舟從山雞的兩種烹飪方法，領悟到了踏入化神的訣竅，佟道聽得一清二楚。

雖然依舊讓封印封閉了自己的念力，卻不妨礙佟道聽得清楚，畢竟大修們就在他的身邊論道。

老頭子悟性可以啊！估計也是憋慘了，太多年找不到突破的契機，竟然從做菜方法上得到了突破。

熱鍋冷油，雞塊丟入鍋中開始翻炒，滋啦滋啦的響聲中香氣飄散。

默語來到灶邊，看著專心翻炒的佟道，說道：「聽懂了多少？」

佟道轉頭，甜甜笑道：「全聽懂了，沈舟太上長老說喜歡什麼，就吃什麼，不用羨慕別人。」

默語摩挲著佟道的髮髻，說道：「真是個聰明孩子，道理就是這麼簡單，就是這麼簡單啊！」

翻炒的火候夠了，佟道把剝好的栗子放入鍋中，嫻熟的添水扣上鍋蓋，說道：「師父姊姊有一個親手製作的洛書太極，我拿來給妳看。」

默語挑眉，佟道腳步輕盈走回洞府，抱著金絲與棋子構成的洛書太極走出來。另外幾個太上長老果斷的湊過來，近距離觀摩洛書太極。

默語的大拇指摩挲著拐杖，這根拐杖是由一根材質不明的鐵黑色樹枝打造而成，上面隱隱有細密的符文。

幾個太上長老從不同方向，無限感慨的觀察著洛書太極。郁恬是個好孩子，手藝雖然粗糙了些，但這份悟性了不得。

默語說道：「正為洛書，側為太極，前後如何理解？」

一個獨目的老者說道：「陣法，我看出了與衍天大陣有些微契合。人法地，地法天，天法道，道法自然。洛書太極六面，正反為洛書，左右為太極，前後必然是陣法變化。」

默語說道：「此物，為洛書宗至寶，傳承千年萬載，後世弟子需要銘記郁恬祖師的曠世傑作。」

一眾太上長老紛紛點頭。

至於金丹期的峰主與宗門長老沒資格湊得太近，只能遠遠觀摩。

默語問道：「佟道，看得懂嗎？」

佟道痛快的說道：「看得懂，橫看成嶺側成峰，跳出局中就看得一清二楚了。」

默語沉吟，好一句「橫看成嶺側成峰」，用來形容洛書太極再合適不過！可惜洛書傳世以來，誰能真正跳出來看？

獨目老者說道：「沈舟踏入化神之日，就是潛藏在外的弟子歸來之時。洛書宗不需要一直躲藏下去，宗門風氣越來越不正，是時候改變了。」

默語說道：「也好，到時候我們有雙神君坐鎮，也不擔心發生意外。」

果然洛書宗藏著一個化神期的神君，應該不在宗門內。傳承超過千年的宗門，果然好會藏。佟道竊喜：我藏起來才是對的。

第九章 為人師表

郁恬用洛書太極踏入金丹期，並迎來了從未聽聞的金丹劫；沈舟太上長老因為郁恬的雙金丹，並看到佟道的兩種山雞做法，領悟了踏入化神的契機。

可想而知，洛書太極蘊涵著大道至理。此刻眾人盯著郁恬親手製作的洛書太極圖，目光火熱，彷彿下一個突破的就是自己。

栗子燉雞是慢功夫的燉菜，燜烤更是如此，沒有一個時辰搞不定。佟道坐在洞府大門口，掏出沈舟的手抄本閱讀。

蒙夢身為大師姊，很是守規矩。佟道翻閱手抄本，她沒有湊過去的想法。長老們和峰主們需要喝茶，蒙夢肩負起道童的職責。

佟道讓蒙夢準備茶具，為的是明年春天喝茶。蒙夢從她師父那裡順走了一套茶具，現在不夠用，不得不折返回去，把師父珍藏的茶具也搬了過來才夠用。

佟道的封印禁錮念力，免得讓大老們看出端倪。看到妙處也只能不動聲色，剛入門的小道人，沒資格領悟高深的符文，更不要說符籙。

郁恬說她要把洛書融入內丹，太極融入外丹。佟道若有所思，洛書太極有五十五個節點，若是分別融入不同的基礎符文呢？

不同的節點組合，可以衍生出五行變化，符文組合起來也是如此。我去！這是一條別開生面的特殊道路啊！

不能急，別浪，穩一手。哪怕是沈舟整理的手抄本，裡面一些基礎符文的解析也不夠透徹。佟道吃過見過，他希望融入洛書太極的基礎符文，一定要基礎到不能更基礎，也就是最接近本源的符文才行。

「小師弟、小師弟……」

佟道被喚醒，旋即火燒屁股一樣竄起來。幸虧蒙夢姊姊喊得及時，否則菜鍋會糊掉的。

佟道掀開鍋蓋，用鏟子飛快的繼續翻炒。編筐編簍，全在收口，做菜也是一樣，尤其是燉菜，最後的收汁階段才見本事。

洛書太極，涉及到洛書宗的前途未來。現在聞到栗子燉雞的香味，幾個太上長老理解了，不怪沈舟嘴饞，這栗子燉雞的味道是真香！

下令準備食材的沈舟在參悟大道，向著化神期衝鋒。默語嘆口氣，傻子過年看街坊，說不定吃飽了，也能有所感悟。畢竟突破這種事情急不得，上百年的閉關也可能一無所獲，還不如趁此機會徹底放鬆心情，也許驚喜就來了呢！

栗子燉雞出鍋，早一步開始燜烤的燜爐也到了掀開的時候。推開乾涸的泥巴，木蓋子打開的刹那，馥郁的香氣蒸騰而出。

佟道沒吹牛，果然是得到真傳的廚藝。當烤成金黃的肥羊提出來，油脂依然向下滴落，散發出誘人的香味。

九宮峰的洞府中，郁恬在閉關，嘗試把洛書與太極融入內丹與外丹，這是絕對不能驚擾的存在。因此一眾大修只能在洞府之外，連椅子也沒有，只能站著吃。

閉關的太上長老還好，各峰的峰主和宗門長老多年過著苦日子，哪有閒錢去奢侈享受？況且山下的小鎮最多就是白水羊肉，哪裡想得到羊肉會有這種神仙做法，味道還如此之香？

狼多肉少，佟道的猜測無誤。一個個貌若老神仙的大修，有的拿著羊排，有的拎著羊腿，吃得滿嘴流油，甚至兩隻烤雞也被人撕碎分走。

佟道拿著兩個被嫌棄的羊頭，坐在門檻，指導蒙夢如何用烤餅捲羊頭肉。

洛書宗落魄了，每一次舉行宴會的時候，宗門成員也會保持矜持的風度；現在看到了什麼？一個個長輩手持羊腿饕餮開吃，洛書宗的形象啊！

烤餅捲羊頭肉，滾燙的油脂滲入烤餅中，香料的味道十足，肉香更是飽滿。蒙夢多少理解了長輩們的吃相，這是真好吃。

佟道兩個腮幫鼓起，他可不在意自己的吃相優雅與否，但蒙夢顯然還很矜持。

佟道含糊不清的說道：「人多吃飯的時候，就得下手快。眼要穩，手別慌，看菜沒了就泡湯。」

蒙夢肚皮抽搐。你說你是土財主家的孩子，誰信啊？你這麼有搶食的經驗，說你是小乞丐也不為過。

郁南把羊脊骨折斷，抽出了白嫩的脊髓，無限感慨咬住一端。飛劍襲來，獨目的太上長老斬斷羊脊髓，非常坦然的把長長的羊脊髓撈過去，說道：「年紀大了，牙口不行，就喜歡這種軟嫩的東西。」

郁南假笑。牙口不好？你把羊腿骨咬碎，吸吮裡面骨髓的時候，我怎麼看不出你牙口不好？你老人家牙口再好一些，是不是就得生吃活人了？

全怪佟道這小子，你弄這麼香的烤羊做什麼？讓人吃得不過癮。要麼不弄，要麼弄牠十幾隻，讓長輩們吃個痛快，這不上不下的，折磨人！

三張烤餅，把羊頭肉全部捲著吃下去。佟道掰開羊頭，把裡面的羊腦也吸吮進去。

蒙夢不經意間抬頭，發現好多個宗門長老盯著自己，蒙夢大驚。

郁南說道：「不文雅了，這吃相不行。來，為師替妳解決。」

蒙夢把羊頭遞過去，郁南非常坦然的掰開頭骨，把雪白的羊腦吸到嘴裡，然後惱怒的看著佟道。羊頭才是美味，你竟然獨吞！

佟道扯下一塊烤餅，慢條斯理擦去手上的油脂，然後淡定的把烤餅塞進嘴裡，伸著懶腰，說道：「你們負責打掃，弄乾淨些，師父姊姊最討厭邋遢。」

佟道走進洞府，洞府大門轟然自動關閉，佟道大驚。

郁恬冷冷說道：「跑到我九宮峰蹭飯，一群老不要臉的，弄得烏煙瘴氣，羊膻味遍地。」

佟道小跑來到郁恬閉關的臥房門口，房門主動打開，佟道說道：「姊姊，妳不是在閉關嗎？」

郁恬說道：「對外宣稱閉關，這你也信？」

女人說話不靠譜，郁恬說道：「不閉關，怎麼能顯得我勇猛精進？你看那些老頭子，閉關動輒十年八年，有個屁用？我閉關是做做樣子。」

佟道指著郁恬，說道：「妳說短則半旬，長則半月。弄了半天，矇我呢！我真信了，我的心，涼了……」

郁恬抬手，水霧籠罩佟道的臉，郁恬一臉嫌棄的表情，說道：「這股子膻味，能把人嗆個跟頭。」

水霧洗臉，佟道雙手揉搓，郁恬丟過去一條方巾，說道：「明天不許弄這個，躲在洞府裡面弄點吃食就行。一次是新鮮，做多了你就成了他們的專用廚子，平白折損我九宮峰的威名。」

郁恬現在是身價倍增，宗門長老，九宮峰主，享受太上長老的待遇。她的開山大弟子還得給老傢伙做飯？會慣出毛病。

把臉擦乾淨，佟道坐在郁恬側面的蒲團上，說道：「我還打算和老前輩們套近乎，學習基礎符文呢！」

郁恬斜睨佟道，說道：「沈舟長老的心得筆記也不行？」

佟道掏出手抄本，說道：「不太細緻入微，多少有些浮在表面的感覺。妳看這個符文，很簡化了不是？我覺得不夠精煉。」

郁恬瞄了一眼。這還不夠精煉？你看看這一頁。沈舟勾勾抹抹，很明顯斟酌再三，反覆揣摩精華所在。

佟道翻到另一頁，說道：「老茶樹的枝幹形成的天然符文，和這個像不像？我覺得這個符文更像是自成一系的簡約符籙，而不是基礎的符文。」

郁恬問道：「非得拆分到極致？」

佟道說道：「追本溯源唄！我想知道基礎符文到底有多少個。」

郁恬問道：「拆分到極致有用？」

佟道說道：「那還用說！妳想想，小孩子牙牙學語的時候，學什麼最快？罵人的話啊！我很小的時候就聽到前坊的鄰居家孩子罵人，張嘴就是『幹伊娘』。拆分之後，『幹』有多個解釋，幹活、公幹……不局限於罵人。『伊』則簡單，單指女性；『娘』也有多個釋義，娘子、娘親、乳娘、娘娘腔……但是組合在一起，那就是罵人的話。」

郁恬無語看著佟道。你從小接觸的孩子沒教養，你家人對你不夠負責。而且你琢磨的這是什麼玩意兒？罵人的話也得和我詳盡解釋？

佟道用手抄本敲著自己的膝蓋，說道：「所以有些看似簡單的符籙，拆解之後，肯定能還原出最基本的符文。」

郁恬說道：「也有道理，譬如說水系符文，不同的符文組合可以療傷、清潔，也可以用來殺人。只是不要再說髒話，髒耳朵。」

郁恬沉吟起來，輕聲說道：「你這麼一說，反倒提醒了為師。洛書五十五個節點，若是反覆精煉道法，哪怕是最簡單的道法，重新組合之後，也會具有無與倫比的殺傷力。」

郁恬坐正身體，思路再次打開。郁恬覺得廣闊天地，大有可為。以前學習道法，唯恐道法攻擊力太弱；現在換個思路，道法強大與否，在於如何靈活運用。

如果五十五個節點，各自契合一門最簡約的道法，組合起來變成一套威力強大的絕學呢？那就是一人成陣啊！

郁恬說道：「這一次為師真的要閉關了，靈感噴湧而來。這幾天你自己玩，只是不要給他們當廚子。」

佟道脆生生的答應道：「知道。我也閉關，說不得自己也能整理出一些基礎符文。」

郁恬嗤之以鼻。整理個屁啊！你連符文還沒認全呢！

郁恬修行數十年，雖然不是專注於符籙之道，也掌握了三十幾個基礎符文，佟道竟然還不滿意？

你等著，等我閉關結束，讓你知道什麼叫「為人師表」。

郁恬閉關，沒人敢釋放出念力窺視，除非是化神期的神君擁有的神念，才能讓人防不勝防。

佟道回到自己的臥房，動念讓腦海中的洛書太極把封印勾走。念力得到釋放，佟道閉著眼睛，開始思索學過的基礎符文。

郁恬傳授了三十幾個基礎符文，之後和蒙夢交流了心得。至於學到了幾個基礎符文，不得而知，總之不太樂觀。

沈舟的手抄本中有四十幾個基礎符文，大部分與郁恬掌握的基礎符文重疊。當然不是沒有意外的收穫，那就是沈舟手抄本中的基礎符文更加精煉。

但這依然不夠，佟道念力催動，數十個基礎符文在腦海中默默推演。必須精煉到極致，才能解析出最本源的基礎符文，才有資格烙印在自己腦海的洛書太極中。

子時臨近，佟道意猶未盡的停止推演。是時候修煉了，真氣是身體基礎，沒有強大的體魄，就沒辦法精神煥發。否則大修閉關，動輒十年八年，身體不夠強大，早就在閉關中腐朽了。

天地靈氣湧入體內，在氣海中圍繞著順勢旋轉的洛書太極，被洛書太極轉化為真氣，儲藏在氣海中。

洛書宗的地理位置極佳，這裡的天地靈氣充盈。而且這一次佟道等於是二次修行，順勢旋轉的洛書太極越轉越快，天地靈氣也瘋狂湧入體內。

氣海充盈的感覺相當美好，同時佟道也察覺到，自己的道基還有殘存，未來依靠真氣慢慢修復氣海，就可以讓道基續生。

萬幸的是遭遇殺劫的時候，佟道沒有凝結金丹。原本是打算伏殺天風神君之後，找個地方閉關突破。如果凝結金丹之後遭遇毀滅性打擊，那就真的棘手了。金丹期的氣海會進化為丹田，丹田破損，除非是幾種罕見的靈藥，否則沒有誰能夠把毀掉的丹田修復起來。

有了真氣撐腰，有強大的念力作為基礎，佟道沒有倦意，修行一個時辰，子時過去，佟道果斷的停止修行。

這個速度太快了，根本不是練氣期所能達到的速度，築基期巔峰的道人才能做到這一步。不能修行過快，九宮峰有七個元嬰真君、數十個金丹真人呢！

佟道默默調息，催動真氣在經絡遊走。後背的傷口結痂，經脈受損，這就需要真氣來修復，沒辦法，洛書宗太窮，療傷的丹藥堪比地攤貨。

圍剿天風神君，終於讓這個作惡多端的邪修殞落。雖然彗星般崛起的天童子也因此殞落，但是沒幾個人在意，最多是幸災樂禍的說一句「天不假年」。

據說天童子是一個古老門派的傳人，出道就是孤身一人，還到處尋訪陣法高手討教，是相當討人厭的孩子。

有才華，不知道藏拙，闖出了偌大的名聲，還沒有師門長輩撐腰，你不死誰死？

在惡戰之後倒塌的亂石中，一個雙眉斜飛入鬢的女子戴著黑色面紗，只有那雙鳳眸在不經意間閃過寒光。

女子拂袖，屋舍大的巨石飛走，她從容的走在亂石堆中。大戰之後，罡風遲遲沒有消退，天風神君的芥子指環也被一個宗門的宗主獲得，殘存的法寶碎片也幾乎被人撿光了，剩下的就是倒塌的山峰。

撿便宜的修士早就離開這裡，蒙面女子昨天夜裡到來，肆無忌憚的掀開巨石，似乎在尋找什麼。

當女子來到一個狹窄的縫隙，她頓足，堆疊在一起的巨石紛飛，露出了幽深縫隙深處的一個簡陋包裹。

女子蹲下來，打開染血的包裹，發現這是一件青色道袍，道袍裡面是一雙尺寸不大的靴子，靴子底部鑲嵌著小型符陣，這是可以加速的符陣。

道袍背後有一處長劍刺出來的破洞，這裡沾染的鮮血最多。女子拿起道袍，湊在鼻端嗅了嗅，然後把道袍連同靴子收起來。

果然還活著！蒙面女子伸手，掌心出現了一個小小的小老頭。

小老頭一臉賊眉鼠眼的表情，看到蒙面女子，他點頭哈腰，說道：「大姜，我沒說錯吧！是不是找到了？」

大姜用微微沙啞的聲音說道：「血跡表明他還活著，只是你怎麼沒算到他會遭遇這次劫難？」

小老頭拍著心口，說道：「這就冤枉人了，我怎麼可能沒算到呢？他是罕見的天府獨坐命格，不來一次沉痛的打擊，他必然無法無天。」

大姜握拳，小老頭急忙說道：「他很小的時候我給他相面算命，告訴他必須要兒須成名酒須醉，會向瑤臺月下逢。中間少說了兩句，那就是『命有兩天道始成，朝陽落處晚霞生』。」

大姜瞇起眸子，小老頭完整的卦辭是「兒須成名酒須醉，命有兩天道始成。朝陽落處晚霞生，會向瑤臺月下逢」。

天童子剛剛崛起，就遭遇毀滅性的打擊，也算是應驗了。成名了，搞砸了，下一步呢？

小老頭剛露出得意的表情，大姜便握拳，直接把小老頭的幻象捏碎。她最討厭這種裝神弄鬼的傢伙，說話藏半句，不是正經東西。

大姜抬手，雪白修長的指尖有一塊乾涸的血漬。大姜斥道：「引路！」

血漬化作一條血線，指向了西北方，大姜拂袖消失在原地。

大姜消失之後一個多時辰，被她掀飛的巨石開始坍塌，大片的巨石坍塌成細碎的粉末……

藉助油燈，佟道在宣紙上勾勒。沈舟的手抄本中有符文不語，厚在其中，佟道越琢磨越有意思。

莫非符文和洛書一樣，不是平面的存在？那麼其中的訣竅在哪裡？以前痴迷陣法，來到了洛書宗，解開了洛書出太極的祕密，佟道對於符文產生了濃厚的興趣。

大道至簡，就如同洛書宗的前輩嘔心瀝血寫出了許多道藏，卻不知道真正的洛書祕密其實就藏在九宮峰洞府的臥房中。

在臥房屋頂留下洛書圖案的九宮老祖應該也沒有解開洛書的祕密，只是把兩色玉石打入屋頂，鑲嵌的手法不夠穩，才導致嵌入的深淺不同。佟道也因此看到了洛書真正的祕密，詮釋了什麼叫作真正的「洛書出太極」。

符籙是由不同的符文組成，基礎符文之中也有相似之處，比如說輾轉承合的地方有太多雷同之處。把相同之處剝離出去呢？會有什麼發現？

專注中時間過得飛快，當肚子叫起來的時候，佟道才回過神。午後了，早飯和午飯全錯過了，不能辟穀的日子，注定得填飽肚子；就算能辟穀，該吃美食的時候也不能錯過。人生在世，吃喝二字，美食不可辜負。

該做飯還得做飯，有這麼多大修打下手，佟道負責指揮而已。師父姊姊矯情了，這都不是事兒。

佟道溜達出去，洞府外赫然掛著三頭剝皮的肥羊。這是沒吃夠，打算加量了；而且還計算過燜坑的尺寸，再多放不下，否則肯定會準備更多的野羊。

佟道東看看、西看看，說道：「這是羊肝？我先熬一鍋羊肝湯墊墊底。」頭蹄下水，在世俗中，那是請屠夫的時候送給屠夫的額外福利。下水不算肉，修道人也沒人在意這種下腳料。

今天處理野羊的大修看著羊肝不錯，打算送入燜爐烤，沒想到餓著肚子的佟道看到了新的吃法。

羊肝野蔥熬成了一鍋湯，佟道還撕了一些麵片放進去。一鍋羊肝麵片湯下肚，佟道的肚子終於不再抗議。

吃飽了真舒服啊！這是佟道給自己準備的食物，早飯和午飯一併解決。一小鍋正好填飽佟道的肚子，沒別人的份。

佟道湊在當眾入定的沈舟面前，遺憾轉身。

默語說道：「可是有符文不解？」
佟道掏出沈舟的手抄本，說道：「有幾個符文想請教。」
默語矜持說道：「說來讓本座聽聽。」一個剛剛練氣的小孩子，能提出什麼問題？這個拉近關係的機會不能錯過；再說指點這樣俊秀的孩子，本來也是賞心樂事。
佟道翻開手抄本，說道：「這個符文，說是木系符文，與這個標注為水系的符文相似之處很多，但是有兩處明顯相同，弟子沒弄清楚，到底是哪幾個地方涉及到五行水木之變。」
默語頓時覺得大事不妙，這問題有些專業了，顯得頗為刁鑽。默語念力掃過，這兩個符文外行人看的話，幾乎找不到差距；饒是默語這樣的老資格元嬰，看著也有些暈。沒辦法的事情，許多字的發音相同，字形相像，字義也相近，與符文的特徵很像。
默語沉吟好半天，硬著頭皮說道：「這兩個符文，是用在生發方面的符籙，譬如說春風化雨符、楊枝斷續符，嗯……嗯？這麼說來，這兩個基礎符文若有相同之處，應該是以修復滋養為主。」

郁南走過來，說道：「師叔祖，弟子對符文也有所涉獵。」

默語點頭，郁南湊在佟道身邊，看著那兩個基礎符文，說道：「看著的確很是相似。」

默語無聲指著遠方：滾！還以為妳真懂呢！結果過來就說廢話。

郁南灰頭土臉的離開，默語說道：「若是不求甚解，組合符籙的時候完全夠用。」

佟道看了默語一眼。妳也不怎麼懂？

佟道拿著手抄本轉身就走。一個個不懂裝懂，裝什麼大尾巴狼？

第十章

本源符

默語想了想，說道：「符籙的功效不外乎生、殺、克、封，看似千變萬化，實則有跡可循，大致掌握就足夠用，畢竟洛書宗不是專業的符籙宗門。」

佟道停下腳步，回頭看著默語，說道：「只有這四種功能？」

獨目的太上長老說道：「變，默語師兄少說了一個『變』字。」

佟道默默思索，生、殺、克、封、變，五行順位相生，隔位相剋，五行生剋本身就是變，契合陰陽變換的玄機。

佟道蹲在地上，用手指在地上勾勒。

一個不苟言笑的宗門長老說道：「五行符文相生剋，其中有些看似無用的符文從中穿針引線，才有了各種變數。此為無用之用，一點淺見。」

佟道左手舉起手抄本晃了晃致意。默語說出春風化雨符還有楊枝斷續符，這是無心之語，佟道卻看到了其中的關聯。

春風化雨符有一個「風」字，楊枝斷續符沒有「風」字，但是自然五行中木為風，風藏其中。

佟道的手指在地面勾勒，這兩個基礎符文有兩處絕對相同之處，必然涉及到風，也就是五行之木。

勾勒出來的殘缺符文片段沒問題啊！難道我猜錯了？佟道彈去指尖的泥土，凌空勾畫著。

當一個殘缺符文片段隨著手指無意識向下微沉而完成，一縷極其微弱的風從指尖湧動。

佟道愣住，默語和獨目老者倏然同時出現在佟道身後。佟道夢遊般拿著手抄本走向洞府，默語和獨目老者隨行。

郁南輕輕咳嗽，小師妹在閉關，不應該進入洞府。默語和獨目老者同時止步，眼睜睜看著神遊般的佟道走進洞府，頭也不回。

佟道腦袋歡喜得要炸開了，當他手指向下沉，導致畫出來的殘缺符文片段變形，腦海中逆轉的洛書太極中，一個節點扭曲，隱隱化作這個殘缺的符文片段。

佟道的念力在封印的封鎖當中，依然讓佟道隱約感知到了。佟道不敢停留，他需要第一時間確認這個變化是真是假。

默語和獨目老者三目相對，他們隱隱預感到，或許九宮峰另一個妖孽正在誕生。一個不亞於郁恬的天才妖孽，就在他們眼前展現出非凡的天資。

回到臥房，關閉了房門，佟道把封印轉移到腦海的逆轉洛書太極上。這個時候動用念力感知，洛書太極上一個節點正在演化為彎曲的殘缺符文片段。

這個看似殘缺，左右蜿蜒，上下扭曲的符文片段，才是真正的基礎符文。從兩個極為相似的基礎符文上截取而來，這才是最本源的基礎符文，無以復簡。

佟道小心翼翼的抬起右手食指，彷彿從小學會了使用筷子，便再也不會遺忘如何使用一樣，佟道輕而易舉的勾勒出這個真正的基礎符文。

有風在臥房中吹起，真實不虛，千真萬確。至此，佟道終於明白了「符文不語，厚在其中」的真意。

這就如同洛書不是平面，而是立體的結構一樣，符文亦如是。符文不是常用的文字，書寫在紙張上就能表達相應的字義；符籙必須書寫在珍貴的符紙上，運筆還有起承轉合之類的硬性要求。以前不明白為何如此，現在懂了。

所謂的起承轉合處，必然是符文上下波動的節點。只是修道人不明所以，只能採用在某些特定位置加重真氣和念力加持的方法強化。

佟道揚眉吐氣，不經歷圍殺天風神君的殺身變故，怎麼能想到混入洛書宗避難？不進入洛書宗，怎麼可能發現洛書出太極，符文空間藏的祕密？

大道至簡，大道至簡啊！說來容易，有誰能夠真的從本源入手？真傳一句話，假傳萬卷書。唯有捅破了那層窗戶紙，才有大道求真的資格。

最妙不可言的是這個木系本源符文自動烙印在腦海的洛書太極中，免去了慢慢對應位置的煩惱。

五十五個節點，必然有多個無用之用的銜接符文，或許是指向性、或許是錨定性、或許是描述性的概念存在。

這些無用之用的基礎符文同樣至關重要，否則符籙發揮作用針對的是誰？春風化雨符針對的是自己人，若是罡風符，指向的則是對手。這就是指向性的符文發揮作用。

至於指向性、錨定性和描述性的理論，是佟道藉助陣法的概念，想來也差不多。

若是從小處說，符籙就是最基礎的符陣，符陣則是大型的符籙。威力不同，基本概念卻不會有太大的偏差。

書中自有黃金屋，書中也有最本源的符文，並不神祕，就在看似五花八門的符籙和基礎符文中。

萬事開頭難，既然有了妙不可言的開始，剩下的就是按圖索驥，解析出本源符文，逐個烙印在腦海的洛書太極中。

道法中的陰陽五行看似簡單幾個字，事實上仔細推演，基礎不扎實的人就會亂。

譬如說自然五行中，風為木；而人體五行中，肺屬金，為風。若是半弔子的修士，僅僅是一個風從何來，直接就風中凌亂了。而且五行還分為正五行、逆五行，五行還分陰陽，其中的變數，讓人眼花撩亂。

所以凡塵中有腦子不好用的猛將，但修道中人沒有弱智，因為智商低下的人無法理解錯綜複雜的陰陽五行變化。

在這之上，更有洛書宗這種口口聲聲號稱「洛書出太極」，卻沒辦法證明洛書如何出太極的宗門。洛書宗自身的大修還緣木求魚，根據自己的臆想編撰出許多所謂的絕學。

聰明人陷入其中，也要當局者迷。佟道是弄得五勞七傷，被郁恬安置在一個前輩的臥房中，湊巧看到了鑲嵌在屋頂的洛書圖案，因為深淺不同，才讓佟道解析出真正的洛書太極。

因為有了解析洛書太極的心得，結合沈舟手抄本中「符文不語，厚在其中」這句話，佟道才能解析出第一個本源符文。

佟道藉著油燈，如飢似渴的翻閱著手抄本裡面的基礎符文和符籙。那些貌似威力強大的符籙，對佟道吸引力不大，他需要撥繭抽絲找出本源符文。

佟道回到洞府，就再也沒出門。羊肉再不烤就臭了，郁南他們只好自己動手。沒有佟道調出來的香料，或許是燜坑底部安放的炭火過多，導致烤出來的羊肉發乾發柴，和佟道的手藝簡直就是天地之差。

佟道忘記了時間的流逝，一個個基礎符文和符籙在腦海中閃過。佟道需要找到同類基礎符文中的共同點，那裡面就藏著本源符文。

現在不求甚解，整個洛書宗也沒有一個真正精通符道的高手。從沈舟的手抄本就可以看出來，主要還停留在抄襲解析強大符籙的階段。

真正的高手，應該弄懂其中的緣由，知道符文為何發揮作用，知道不同的符文如何組合，才有可能自創符籙。

沈舟明顯沒這個能力，還處於到處搜羅強大符籙，從而完成一個體系的攢雞毛湊撣子的階段。

這就如同世俗中的讀書人，不想著弄懂最基本的功課，偏偏想著背誦名家名篇，試圖讓自己也混入高人雅士的圈子，簡直不可理喻！

別人的東西終究是別人的，不能別出機杼，依靠自己的真才實學寫出驚世華章，哪有資格躋身名家行列？

天三地四、天五地六、天七地八，各自有一個本源符文烙印其中，六個本源符文，不成體系。這是五行本源符文，此外還有兩個銜接符文。

成果顯著，佟道還想繼續推演下去，頭暈眼花的感覺傳來。房門在此時被推開，黑著臉的郁恬站在門口。

佟道暈乎乎的轉頭，郁恬揪著佟道的耳朵把他拉出去。洞府之外，秋陽高照，佟道有些頭昏、有些腳軟。

郁恬揪著佟道的耳朵問道：「餓不餓？昏不昏？」

佟道無神的眼眸看著郁恬。還是浪過頭了，又餓又累，渾身無力。

郁恬把佟道粗暴的拉到鍋邊，有小米粥。佟道如同惡狼衝過去，蒙夢盛了一碗粥，佟道端著粥碗直接灌下去。胃裡火燒火燎的感覺消失了，佟道這才長出一口氣。

默語緩步踱過來，郁恬問道：「是不是沈舟師叔和他說了什麼？」

默語說道：「沈舟一直在閉關，似乎是佟道自己察覺了非同小可的祕密。」

佟道有些後悔。孟浪了不是？怎麼會在眾多大老面前展現出本源符文的祕密？主要是當時沒想到會發生奇跡，想要遮掩，卻來不及了。

大老們天賦或許一般，眼力絕對不俗，刻意遮掩反倒沒意思。佟道索性繼續喝粥，裝作沒聽到的樣子。

郁恬心中咯登一下，自家人知道自家事，開山大弟子才是真正解析洛書太極的小天驕，他搞出什麼新花樣不稀奇；問題是太上長老盯上了，這不好辦。

郁恬說道：「喝飽沒有？喝飽了回去覺。吃飽了睡，睡飽了吃，先過一段小肥豬的日子。」

佟道端起粥鍋，把裡面的小米粥倒入碗中，說道：「就差這一碗了。」

獨目老者說道：「佟道，你演示的符文頗有意思，再來一次。」

郁恬板著臉說道：「默狄長老，我徒弟需要休息，有什麼事情，等他醒來再說。還不隨為師回去？」

默狄看著默語，默語點頭，默狄取出一本絲綢材質的古籍，說道：「我這裡有來自海外的符籙祕本，不知其名，卻另闢蹊徑。到手上百年，我也沒解析出任何一道符籙。佟道喜歡，那就送給他。」

佟道的腳步無法移動。來自海外的符籙祕本？中原九州，地大物博，傳說海外更遼闊，有無數的仙山存在。當然所謂的「仙山」是百姓的說法，修道人口耳相傳，海外才是真正的大修雲集之地，強者在那裡尋找各種機緣。

郁恬察覺到佟道腳步不動，就知道這個沒出息的孩子上鉤了。至於嗎？太上長老苦讀上百年也沒搞懂的祕本，你看得懂？

默狄說道：「佟道解析的符文，不想說就不說。終究是宗門的一員，未來成長起來，給宗門增添一門道法也是好的。」

沒人貪圖小孩子的收穫，雖然看著很誘人，但對於年歲已高的太上長老來說，不可能回頭去研究符籙，踏入化神期才是他們最迫切的需求。

佟道樂得見牙不見眼，他左手端著粥碗，右手接過符籙祕本，說道：「白嫖成功。」

郁南他們憋得臉紅脖子粗，郁恬深感丟人。說什麼混帳話呢！對著你師父說那些下流詩沒受懲罰，那是我慣著你；當著宗門長輩，說什麼「白嫖」，毛長齊了嗎？

佟道腳步加快，說道：「多謝太上長老，太上長老大器！」

忍無可忍的郁恬對著佟道的屁股踹了一腳，佟道一溜煙的跑向洞府。

就在佟道來到洞府大門口的時候，一道驚天長虹從東方飛來，囂張的直接抵達洛書宗。

六個太上長老同時沖天而起。這是外敵入侵？否則怎麼敢如此囂張跋扈，直接衝入宗門？這是來者不善。

佟道感到封印驟然收縮，他手指下意識用力，粥碗被他捏碎。

郁恬轉身看著那道驚天長虹，說道：「別怕，最多是元嬰期。」

驚天長虹上，一個長鬚道裝老者出現，老者臉色紅潤，爽朗大笑，說道：「事發突然，貿然闖入洛書宗的地界，失禮、失禮……」

默語說道：「原來是百鎖真君，還真是稀客。聽聞你早就前往海外，為何突然來到鄙宗山門之內？」

百鎖真君目光掃過那些衝出來的洛書宗弟子，說道：「本座是為尋找一個故人的蹤跡。」

宗主駕馭飛劍來到半空，與百鎖真君相對而立，說道：「十幾天前，百鎖真君聯合其他諸多同道，聯手剷除天風神君，還沒有恭喜前輩。」

百鎖真君哈哈大笑，說道：「適逢其會，僥倖為剷除邪修出了一些力，不值一提、不值一提。」

宗主的恭喜，顯然讓百鎖真君心情愉悅。天風神君這個倒行逆施的傢伙伏誅，參與剷除天風神君的修士一夜成名。

當然，除了倒楣的天童子。沒辦法，年紀太小，不知道在惡戰中保護自己，跟著天風神君一起殞落了。

百鎖真君藏在袖子裡的左手捏訣，佟道感到腦袋發緊，腦海中捆縛洛書太極的封印在收縮。

百鎖真君的目光投向了九宮峰，感應到目標在這裡。

參與聯手謀殺天童子，百鎖真君的封印祕法施展成功，天童子重創，掉落萬丈懸崖。當時走投無路的天風神君自爆，引發了罡風激盪，沒人來得及確認天童子的死活。

事後百鎖真君回到自己的洞府，越想越是不踏實。當他使用祕法感知自己施展的封印，駭然發現封印依然在，那就意味著天童子沒死。

這一驚非同小可，據傳天童子出身一個古老的宗門，雖然那個宗門早就沒落了，但誰敢保證天童子沒有長輩為他復仇？

如果天童子死了，那是死無對證的事情；問題是天童子活著，哪怕有一口氣，也足以帶來滅頂之災。

百鎖真君循著微弱的感應一路尋找，前幾天忽然失去了感應。今天餓得頭暈眼花的佟道被郁恬揪出來吃飯，百鎖真君才感知到了封印。

洛書宗的衍天大陣損毀，各峰洞府的小型禁制依然保存完好。躲在洞府中的佟道可以隔絕封印與百鎖真君的感應，但走出洞府就被察覺了。

默狄冷冷問道：「不知道百鎖真君的故人是誰？我們洛書宗是否認識？」

百鎖真君的念力釋放，感知到了封印就在九宮峰，就是洛書宗的大修出現的地方。

難道天童子沒死，而是被洛書宗的修士暗中救下？百鎖真君心中不安，越來越不安。

天童子沒死，而洛書宗有多個元嬰真君坐鎮，不可能在這裡斬草除根。心頭警兆越來越強烈的百鎖真君說道：「或許是我感應錯了。」

佟道的掌心冰冷，完蛋了！百鎖真君依靠封印的感應追到了這裡。暴露了！天童子沒死，而且真實身分是佟道，那些聯手謀害天童子的人會放過他？會放過洛書宗？

要不然離開吧！逃得遠遠的，能逃多遠算多遠，總不能把洛書宗給坑了。

郁恬用方巾擦去佟道掌心的碗碴和黏稠的小米粥，看出了佟道神色不對，只是郁恬沒想到百鎖真君是為了佟道而來。

就在這時，一條纖細的血線從遠方飛來。百鎖真君的念力劇烈波動，這條血線為何也能引發他的感應？

百鎖真君猛然喝道：「是誰？」

一個戴著面紗的女子悄然從虛空走出來，她清冷的鳳眸掃過洛書宗，然後落在百鎖真君身邊。

百鎖真君感知到血線和他產生感應，蒙面女子也感知到了，參與謀害天童子的人就有他一個。

蒙面女子問道：「認識天童子嗎？」

百鎖真君心臟收縮，他猛然化作一道驚天長虹衝向遠方。

蒙面女子彈指，兩道金色月輪旋轉飛出，把虛空撕裂出圓形的通道，直接把驚天長虹攪碎。

一聲慘叫爆發，血肉模糊的百鎖真君被兩道月輪扣住了脖子。百鎖真君問道：「妳是誰？妳是天童子什麼人？」

蒙面女子說道：「我是誰？我是他老婆啊！」

百鎖真君體內一道霞光迸發，兩道金輪同時收縮，百鎖真君試圖逃離的元嬰和脖子同時被斬斷。

蒙面女子從容收回兩道金輪，說道：「這個傢伙偷襲天童子，導致天童子重創，真當天童子家裡沒人了？」

默語拱手說道：「前輩可是化神期？」

蒙面女子沒有正面回答，而是掃了一眼百鎖真君掉落的屍體，說道：「在你們洛書宗殺人，或許會給你們帶來一些麻煩；但就此離開，其他仇人找到洛書宗，或許會給你們帶來危機。」

洛書宗的眾人最擔心的就是這個，天童子不是正常戰歿，而是被聯手剷除天風神君的大修謀害。種勁爆的八卦不是當事人，聽起來自然津津樂道；但這把火倒楣的燒到了洛書宗，洛書宗就難了。

說不認識這個神祕的強者，得有人信不是？而且打草驚蛇，百鎖真君被殺了，其他參與謀害天童子的人呢？會不會認為洛書宗收留了天童子，並勾結外人殺了百鎖真君？

神祕女子願意留下，這就再好不過了。雖然看著心狠手辣，至少是很講道理的樣子。

身為宗主的中年美婦立刻笑靨如花，來到了蒙面女子面前，說道：「這幾年總是聽說天童子的大名，沒想到竟然看到了天童子的夫人。果然不是一家人，不進一家門，天童子聲名鵲起，前輩秀外慧中，郎才女貌，天生一對。」

蒙面女子似乎笑了笑，說道：「沒辦法的事情，長輩定下的婚事，算是父母之命……那裡風景不錯。」

宗主立刻側身說道：「您說的是九宮峰，那裡的確是洛書宗景色最秀麗的所在，前輩請！」

佟道的手在微微顫抖。什麼情況？天童子的老婆？我怎麼不知道？而且這娘兒們真厲害，舉手投足就把百鎖真君給宰了。

失去了百鎖真君的感應，封印沒有消散，卻明顯溫順起來。

眼看著蒙面女子在宗主的陪伴下飛過來，佟道想要溜回洞府。

郁恬抓住佟道的手，傳音說道：「淡定，見到外來強者，不能丟了我洛書宗九宮峰的威名。」

佟道掌心冰冷，眼睜睜看著宗主和一眾大老陪著神祕的蒙面女子落在眼前。

郁恬鬆開佟道的手，拱手說道：「洛書宗郁恬，拜見前輩。」

蒙面女子用微微沙啞的聲音說道：「客氣了，我叫『姜辛』，辛辣的辛。這一次為了給我夫君天童子報仇，特地從海外而來。」

佟道頭也不敢抬。哪裡來的妖女？竟然冒充天童子的老婆。如果不是打不過，佟道一定會義正辭嚴的戳穿，現在最多只敢在心裡想想。

宗主七情上面，說道：「前些天聽聞天童子殞落，我們還以為是在正面戰鬥中殞落，沒想到內情如此卑劣。」

姜辛說道：「天童子沒有殞落，他現在好著呢！一個老瞎子對我說的。他當年給我的小丈夫相面，留下了兩句讖語，很是坑人的讖語，因為他故意藏下了中間的兩句話。」

佟道忍不住伸長脖子。老瞎子？那個遭瘟的老瞎子？情況有些不妙的樣子，難不成這真是他的未婚妻？老瞎子的讖語中間那兩句是什麼？聽著讓人甚是心焦。

——待續

起點中文網白金作家、擅長長篇熱血仙俠作品的
「小刀鋒利」，上萬收藏新作《我就是劍仙》，
且看劍修主角如何養鞘藏鋒，縱橫世間！
我就是劍仙
小刀鋒利 ◎著
這不僅是一個古代的封建王朝，更是一個與妖鬼精怪共存的世界。
這些超越認知的東西雖然很少進入人類世界，但不代表它們不存在。
表象背後，
很可能隱藏著另一個宏大而又浩瀚的世界。

國家圖書館出版品預行編目(CIP)資料

天書道人 / 左夜作. -- 初版.
-- 臺中市 : 飛燕文創事業有限公司, 2025.01-

冊；公分

ISBN 978-626-413-061-5(第1冊:平裝). --
ISBN 978-626-413-062-2(第2冊:平裝). --
ISBN 978-626-413-063-9(第3冊:平裝). --
ISBN 978-626-413-064-6(第4冊:平裝). --
ISBN 978-626-413-065-3(第5冊:平裝). --
ISBN 978-626-413-066-0(第6冊:平裝). --
ISBN 978-626-413-067-7(第7冊:平裝). --
ISBN 978-626-413-068-4(第8冊:平裝). --
ISBN 978-626-413-069-1(第9冊:平裝). --
ISBN 978-626-413-070-7(第10冊:平裝). --
ISBN 978-626-413-071-4(第11冊:平裝). --
ISBN 978-626-413-072-1(第12冊:平裝). --
ISBN 978-626-413-073-8(第13冊:平裝). --
ISBN 978-626-413-074-5(第14冊:平裝). --
ISBN 978-626-413-075-2(第15冊:平裝). --
ISBN 978-626-413-076-9(第16冊:平裝). --
ISBN 978-626-413-077-6(第17冊:平裝). --
ISBN 978-626-413-078-3(第18冊:平裝). --
ISBN 978-626-413-079-0(第19冊:平裝). --
ISBN 978-626-413-080-6(第20冊:平裝)

857.7　　113018021

天書道人 01

出版日期：2025年01月初版
建議售價：新台幣190元
ISBN 978-626-413-061-5

作　　者：左夜
發 行 人：曾國誠
文字編輯：FREE
美術編輯：豆子、大明
製作/出版：飛燕文創事業有限公司
公司地址：台中市南區樹義路65號
聯絡電話：04-22638366
傳真電話：04-22629041
印 刷 所：燕京印刷廠有限公司
聯絡電話：04-22617293

各區經銷商

華中書報社	電話 02-23015389
旭昇圖書有限公司	電話 02-22451480
智豐圖書股份有限公司	電話 05-2333852
威信圖書有限公司	電話 07-3730079

網路連鎖書店

金石堂網路書店 電話：02-23649989
網址：http://www.kingstone.com.tw/

博客來網路書店 電話：02-26535588
網址：http://www.books.com.tw/

若您要購買書籍將金額郵政劃撥至22815249，戶名：曾國誠，並將您的收據寫上購買內容傳真到04-22629041

若要購買本公司出版之其他書籍，可洽本公司各區經銷商，或洽本公司發行部：04-22638366#11，或至各小說出租店、漫畫便利屋、各大書局、金石堂網路書店、博客來網路書店訂購。
▶如有缺頁、破損，請寄回更換！

Fei-Yan
飛燕文創